KB164523

재와 빨강

재와 빨강

편혜영

장편소설

창비
Changbi Publishers

차례

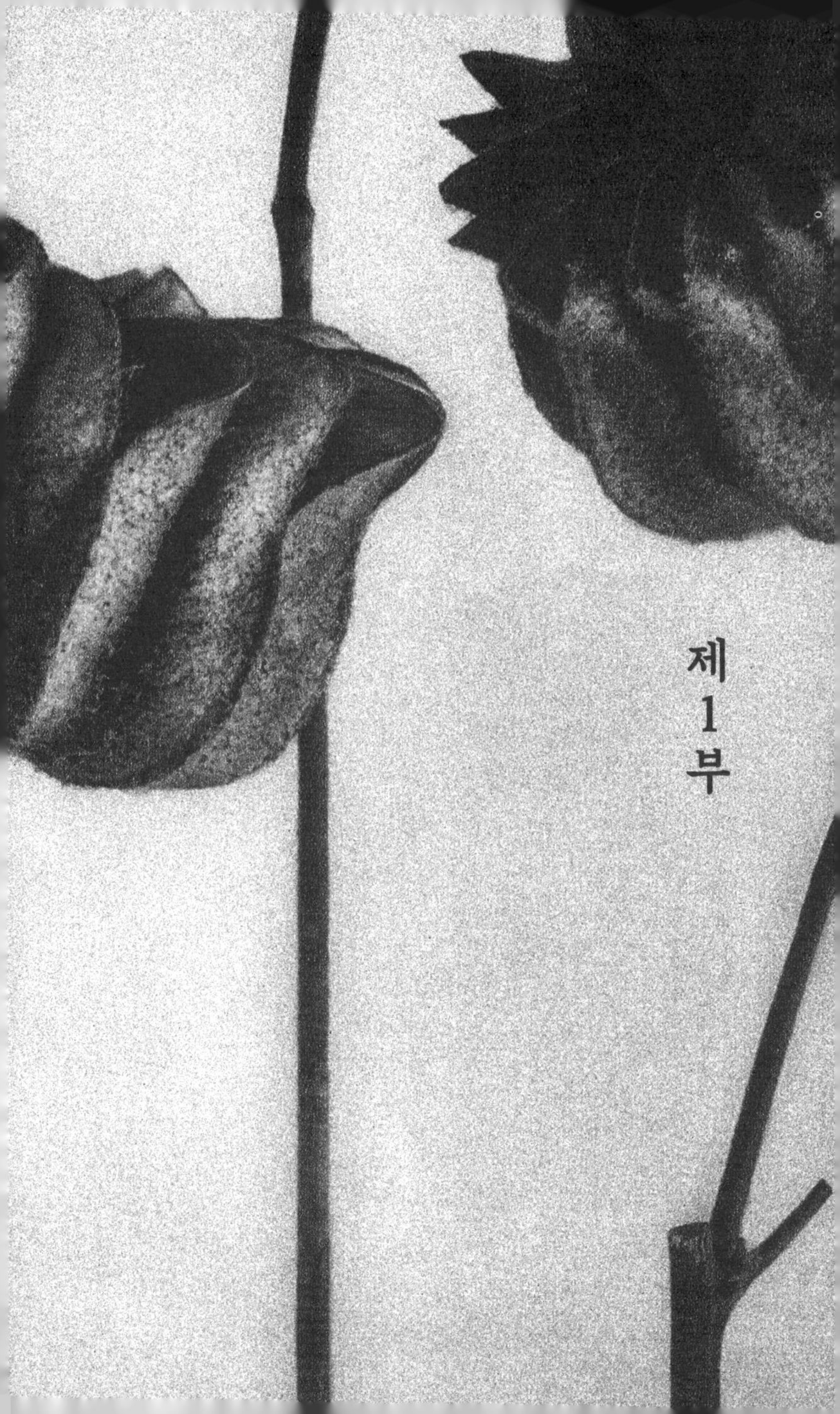

제1부

1

위험에 대한 경고는 언제나 실제로 닥쳐오는 위험보다 많은 법이다. 막상 위험이 닥칠 때는 어떤 경고도 없으니까. 그가 공항 여기저기에 붙은 검역 안내문과 전염병 예방수칙을 대수롭지 않게 보아 넘긴 것은 그 때문이었다. 경고가 많은 걸 보니 그다지 위험하지 않은 게 분명했다.

전신 방역복 차림의 검역관이 그의 생각을 알아차린 듯 잠시 쳐다보았다. 검역 차례를 기다리는 대기 인원이 많아서일 수도 있고 그에게서 풍기는 술 냄새를 맡아서일 수도 있었다. 그는 입을 꾹 다물고 슬쩍 제 이마에 손을 대보았다. 이마는 미지근했다. 열감은 손에서 느껴지는 듯했다. 팔목이 시큰거렸다. 무엇인가를 오랫동안 힘껏 쥐고 있었던 것처럼 손바닥이 얼얼했다. 손바닥은 멍으로 푸르스름했다. 힘을 주면 욱신거리는 통증도 느껴졌다.

검역관이 그의 오른쪽 귀에 체온계를 갖다 댔다. 귀 가까이에서 체온계 작동음이 들렸다. 그 소리에 반응하듯 마른기침이 터지자 검역관이 그에게서 몸을 떼고 뒤로 물러섰다.

검역이 까다로워진 것은 전염병 때문이었다. 병은 감염경로가 알려지지 않은 채 최초의 발병국을 넘어 짚자리에 불이 붙듯 전세계 대부분의 국가로 확산되었다. 감염경로가 불분명하고 전염력이 높은 반면 치료약은 개발 단계에 있고 백신 개발을 위한 국가 간 경쟁이 치열하다지만 다행히 치사율은 높지 않다고 했다. 그는 뉴스에서 본 대로 비록 병독력 높은 전염병이기는 해도 개인위생을 철저히 지키면 크게 걱정할 일이 아니라고 여겼다.

하지만 비행기에서 옆자리에 앉은 남자 승객의 수상한 기침이 마음에 걸렸다. 남자는 계절보다 이른 트위드 재킷을 입고 있었는데, 비행이 시작되자마자 오한과 기침을 호소하며 승무원에게 아스피린을 요청했다. 승무원이 즉각 약을 가져다주고 이후 담요를 두장이나 덮어주었지만 남자의 기침은 잦아드는 기색이 없었다. 검역이 이렇게 까다로운 줄 알았다면 자리를 바꿔달라고 했을 것이다.

검역관이 이번에는 그의 왼쪽 귀에 체온계를 갖다 댔다. 심각한 얼굴로 액정에 표시된 숫자를 확인하고는 무전기에 대고 뭐라고 낮게 말했다. 무전기 너머로 누군가 대꾸하는 소리가 잡음에 섞여 들렸다. 검역관이 그에게 잠시 줄에서 벗어나 있기를 요청했고 그를 대기시킨 채 뒷사람의 체온을 쟀다. 주위를 돌아보니 다른 줄에서 검역을 받던 옆자리 승객은 보이지 않았다. 검역장을 통과한 것인지 다른 장소에서 대기 중인지 알 수 없었다.

얼마 지나지 않아 심사대 옆쪽으로 두명의 사내가 다가왔다. 몸을 부풀린 방역복과 눈과 코를 가린 방호 마스크 때문에 사내들은 거대한 바람 인형처럼 보였다. 복장이 같고 덩치와 키도 비슷해서 거의 구별되지 않는 두 사람을 보자 그의 심장이 불규칙하게 움직이기 시작했다. 어쩐지 체포되는 기분이 들어 초조해졌다. 검역관이 대기자들의 검역을 멈추고 그를 감시하듯 빤히 쳐다보고 있어서였다.

두 사람이 입은 방역복 가슴에 영어로 검역이라는 글자가 새겨져 있었다. 공항 소속 공중위생의인 모양이었다. 검역관과 눈을 맞춘 두 사람이 그를 사이에 두고 섰다. 몸집 큰 사람들 사이에 꽉 낀 탓에 몸이 붙들린 기분이었다. 그는 급하게 항의의 말을 하려다가 사레들린 나머지 거친 기침을 쏟아냈다. 검역과 입국심사를 기다리는 사람들이 그를 쳐다보았다. 이미 그에게서 멀리 있지만 더 거리를 벌리고 싶어하는 눈빛이었다.

두 사람은 길게 이어진 복도로 말없이 그를 이끌었다. 그중 한명이 호수도 팻말도 붙어 있지 않은 방의 문을 열었다. 방은 흰색 페인트 통에 담갔다가 막 꺼낸 듯 새하얬다. 바닥의 타일과 줄눈마저 흰색이었다. 낮은 침대를 덮은 침구도 흰색이고 침대 옆에 덩그러니 놓인 탁자와 의자도 흰색이었다. 방 안의 모든 물건이 표백과 살균을 마친 것처럼 빛났다. 그 탓에 음산하고 싸늘한 기운이 감돌았는데 실제로 소름이 돋을 정도로 차갑게 냉방이 되고 있었다.

공중위생의 한명이 부드러운 말투로 그에게 의자를 권했다. 격식을 갖춘 친절한 말투에 다소 마음이 놓였다. 어째서인지 방 안에 들어서자마자 내동댕이쳐지리라 상상하고 있었다.

공중위생의가 그의 체열이 평균 이상이어서 정밀검사가 필요하며 그로 인해 일시적 억류 조치가 내려졌음을 양해해달라고 천천히 말했다. 그는 단번에 알아듣지 못했다. C국의 언어에 서툰 데다 당황한 탓에 아는 단어도 제대로 들리지 않았다. 같은 말을 느리게 되풀이하는 모습을 멍하니 바라보고 있자 다른 한명이 답답했는지 메모지를 꺼내 간단한 영어 단어를 적어주었다. 필담을 섞어 얘기를 나눈 후에야 그는 자신이 강화된 검역 기준 때문에 억류되었음을 완전히 이해했다. 그 사실을 알고 나자 감염 여부와 상관없이 다소 마음이 놓였다.

"걱정하실 것 없습니다. 예방 차원입니다."

공중위생의가 검사 목록이 적힌 안내문을 내밀었다.

"예방이요?"

"이런 검사는 대부분 해프닝으로 끝납니다."

"비행기에서 옆자리에 앉은 승객이 내내 기침을 했어요."

"운이 나빴군요."

"감염되었을까요?"

"자세한 건 검사 결과가 나와야 압니다. 단순히 감기일 수도 있고요."

"그랬으면 좋겠네요. 감기이기를 바라다니 이상하지만요."

"감기나 지금의 전염병이나 바이러스 때문이라는 점에서 실은 비슷합니다. 해열제를 먹고 버티면 낫느냐 아니냐의 차이입니다. 걱정 마세요. 고열로 정밀검사를 받는 사람들에게 가장 필요한 약은 해열제니까요."

해열제와 해프닝이라는 말을 알아들은 그는 크게 안도했다. 이 일은 그가 C국에 근무하는 내내 추억거리가 될 것이다. 그는 방역복이나 마스크, 알약 같은 단어를 섞은 농담을 떠올렸다. 하지만 그것은 가까운 미래의 일이고 지금은 긴장 탓인지 경미한 두통이 느껴졌다. 단추처럼 작고 둥근 아스피린 한알이면 두통과 불안을 잠재울 수 있을 듯했다.

공중위생의가 검사 키트를 꺼냈다. 그는 면봉을 삽입하기 편하도록 얼굴을 치켜들었다. 위생의가 그의 비강에 깊숙이 찔러 넣은 면봉을 플라스틱 케이스에 담고 알코올이 묻은 솜을 꺼내 들었다. 채혈의 목적도 모른 채 그는 기계적으로 소매를 걷었다. 팔뚝에도 시퍼런 멍이 들어 있었다.

"피부색이 특이하군요."

공중위생의가 혈관을 찾으려고 팔뚝을 들여다보며 농담했다. 그는 되도록 상냥하게 웃어주었다. 간밤에 심한 몸싸움이라도 벌인 것일까. 멍이 든 걸 보면 분명 그가 얻어맞은 모양이었다. 어쩌다 그랬을까.

몇차례의 실패 끝에 공중위생의가 간신히 혈관을 찾아 바늘을 찔러 넣었다. 주사기에 검붉은 피가 고이기 시작했다. 그는 혈액을 보지 않기 위해 슬쩍 인상을 쓰며 고개를 돌렸다.

*

멸균실 같은 하얀 방에 억류되어 있는 동안 그는 팔뚝과 손바닥의 멍을 살펴보았다. 들여다본다고 기억이 떠오르지는 않았다.

이전에도 여러차례 기억이 완전히 끊길 정도로 술을 마신 적 있지만 이 정도는 아니었다. 멍 때문인지 근육통 때문인지 체력이 약해진 탓인지 저녁 식사로 배급된 도시락을 거의 먹지 못했다. 그는 통증이 느껴지는 팔뚝을 가볍게 주무르며 도시락이 실린 카트가 점차 가까워졌다가 다시 조금씩 멀어지는 소리, 규칙적인 간격으로 다른 방문이 열렸다가 닫히는 소리를 들었다. 그 소리 덕분에 자신 말고도 격리된 사람들이 더 있음을 알게 되었다.

다음 날 밤 공중위생의가 서류봉투를 들고 나타났다. 그는 결과 통보가 늦어지는 것이 혹 나쁜 징조가 아닐까 걱정되어 종일 식사도 제대로 하지 못했다.

공중위생의는 그가 안심할 만한 표정을 지으며 서류를 내밀었다. 그중에 격리 동의서도 있었다. 사후에 동의서를 작성하는 것이 불합리하다고 생각하면서도 이곳을 나가고 싶은 마음에 서둘러 서명을 마쳤다. 검진 결과에 대해서는 간단한 설명을 들을 수 있었다. 현재로서 확진이 아니지만 향후 기내 감염자 추이를 살펴 추가적인 정밀검사가 필요할 수도 있다고 했다. 그는 현시점에서의 격리 조치 해제는 잠정적인 것으로 언제든 방역 당국의 격리 요구에 응해야 한다는 내용의 서류에 서명했다.

서명이 끝나자 이번에는 체류 예정지를 확인했다. 그는 본사 인사담당자인 '몰'이 보내준 숙소 계약서를 보여주었다. 몰은 초행인 사람이 단번에 찾아갈 수 있도록 상세한 약도를 보내주었다. 약도에는 편의점과 지하철역이 표시되어 있고, 숙소인 아파트와 가장 가까운 곳의 슈퍼마켓 폐점 시간까지 적혀 있었다. 몰이 업무적으로 얼마나 철두철미한 사람인지 알려주는 디테일이었다.

공중위생의가 사실 여부 확인에 대해 양해를 구하고 서류 하단에 책임자로 명기된 부서장에게 전화를 걸었다. 통화 상대가 부서장인지 알 수 없지만 위생의는 그가 머물 도시 이름과 숙소를 낱자 하나하나 불러가며 천천히 확인했다. 그후로도 얼마간 통화가 계속되었다. 그는 명확히 알아듣지 못하는 외국어를 들으며 평균보다 높은 체온이나 갑작스러운 격리에 대한 얘기가 오가리라 짐작했다.

공중위생의와 부서장 간의 통화는 그로서는 나쁘지 않

은 일이었다. 그는 갑작스러운 격리 사실을 부서장에게 알리지 못했다. 외부와 연락을 취할 방법이 없었고 격리 당시에는 당황하여 미처 부서장이나 인사 담당자를 떠올릴 겨를이 없었다. 그 통화 덕분에 자신의 상태를 본사에 알릴 수 있었다.

통화를 끝낸 공중위생의가 그의 여권을 손에 들고 추후 검진을 위해 불시에 숙소를 방문할 수도 있으니 검역 서류에 기재한 주소지를 이탈하지 말라고 당부했다. 여권을 두고 흥정하는 듯한 태도 때문에 그는 재검진 여부를 언제쯤 알 수 있는지 되묻는 것도 잊은 채 고개를 끄덕였다. 나중에 여권을 살펴보았는데 체류 허가를 알리는 스티커 위에 붉은색 마크가 찍혀 있었다. 그의 체류가 잠정적인 것임을 알리는 마크였다.

곧이어 방역복을 입은 사람이 검역 완료 스티커가 붙은 검정색 트렁크를 끌고 들어왔다. 그에게 트렁크를 건네며 공중위생의가 어깨를 툭 치고 인사했다. '열심히 해' 혹은 '노력해' 정도로 해석되는 말이었다. 그는 공중위생의를 향해 고개를 끄덕였다. 열심히 노력해서 수고하는 것, 그것이야말로 그가 당장 하고 싶은 일이었다.

그는 드디어 C국에 입국했다.

2

“세워주세요.”

택시가 멈추기도 전에 그는 헛구역질을 했다. 내장을 건드릴 정도로 자극적인 냄새가 풍겼다. 기사가 대교 진입로에 급하게 차를 세웠다. 그는 도로 가에 쭈그려 앉아 끈적거리는 침을 길게 흘리며 토악질을 했다. 요금을 받지 못한 기사가 구시렁거리며 그를 따라 내렸다. 기사는 장갑 낀 손으로 마스크 위쪽을 틀어막고 서 있었다. 구역질을 잠재우고 다시 택시에 타려고 하자 기사가 더는 운행하기 힘드니 요금을 지불하라고 했다. 얼마간의 실랑이 끝에 그는 겨우 잡은 택시를 돌려보내야 했다. 기사는 이곳에 조금도 머물고 싶지 않다는 듯 차를 돌려 왔던 방향으로 되돌아갔다.

다시 택시를 잡기는 힘들 것 같았다. 공항에서도 택시를 잡느라 한참 애를 먹었다. 승강장에서 금세 택시를 타기는 했지만 기사는 그가 내민 쪽지에 적힌 주소를 보더니 고개를 저으며 내리라고 했다. 그런 식으로 몇대의 택시에 탔다가 다시 내리거나 혹은 타지도 못하고 승차를 거부당했다.

숙소는 Y시 12개 구(區) 중 동남북 지역인 제4구에 위치해 있었다. 강 둔덕을 매립하여 조성한 지구인데 개발 당시 대량의 산업폐기물을 매립한 사실이 드러나면서 개발사업을 추진한 지역구 의원이 파면되어 정치생명이 끝나기도 했다. 이후 대기 중 방사능 농도가 높다는 소문이 퍼지면서 땅값이 폭락하고 시세가 하락하여 거주민의 이탈이 가속화되었다. 하지만 주거비는 대지 아래 매립된 쓰레기나 공기 중의 방사능 농도보다 중요한 고려 대상이었다. 지금은 저렴한 임대료를 찾아 몰려든 거주민이 북적였으며 싼 땅값으로 오피스타운과 공장지대도 덩달아 난립하여 제4구는 Y시 내에서 하나의 섬과 같은 곳이 되어 있었다.

할 수 없이 기본요금이 비싸 승차거부가 적다는 점보택시에 승차했다. 기사는 주소를 확인하더니 그에게 한참 뭔가를 설명했다. 주소지까지 가기 어렵고 인근에서 내려주겠다는 얘기였다. 인근이라는 게 얼마나 떨어진 곳을 말하는지 알 수 없지만 일반적인 의미라면 걸어도 될 만한 거리를 뜻할 터였다.

목적지까지 가는 동안 택시에서는 라디오 뉴스가 흘러나왔다. 긴급 상황이 벌어진 듯 아나운서와 현장 기자의 목소리가 다급해 보였지만 말하는 속도가 빨라서 알아들을 수 있는 말은 거의 없었다. 그는 빠른 억양이 주는 불안에서 벗어나고자 차창 밖으로 시선을 돌렸다. 어두운 창에 그의 얼굴이 희미하게 비쳤다.

어제 아침만 해도 그는 새로운 인생을 선물받은 기분으로 C국행 비행기에 올라탔다. 하지만 선물에는 응당 대가가 필요했다. 이번 경우 친밀한 사람들과의 완전한 이별이었다. 직장 동료들은 파견이 특혜성 인사발령이라는 입장을 고수했고 출국일이 가까워질수록 빈정거림을 참지 않았다. 한때 그와 가장 친밀한 존재였으나 이제는 남남보다 못한 사이가 된 전처 역시 더는 만날 수 없을 것이다. 그들을 떠올리면 다시는 모국에 발을 디딜 수 없을 것 같았고 자유의지로 떠나온 것이 아니라 누군가에 의해 떠밀려난 느낌이 들었다.

대교는 길고 깊은 어둠에 파묻혀 중간이 끊어진 듯 보였다. 괴이할 정도로 통과하는 차량이나 통행인이 없어서 그런 생각이 드는 듯했다. 이쪽 세계와 단절된 듯한 대교 너머에 그가 묵을 숙소와 본사가 있다. 그는 지치고 피로한 시절과 작별을 고한 후 외국인 동료들과 어울려 활기찬 듯 외로운 생활을 즐길 예정이었다. 그 미래가 칠흑 같은 어둠 너머에 있다는 것이 유감스러웠다.

택시 기사는 그를 버리듯이 내리게 했지만 인사담당자가 보내준 약도를 확인하니 제4구가 멀지 않았다. 대교는 제4구의 진입로 역할을 하는 다리로 약도에 붉은색으로 표시되어 있었다. 그는 한손으로 트렁크를 끌고 한손에 브리프케이스를 들고 긴 대교를 건넜다. 대단한 물건을 챙기지도 않았는데 트렁크는 온 세상이 담긴 듯 무거웠다.

대교를 거의 건널 즈음 그는 냄새의 근원을 알아차렸다. 다리 끝에 검은 쓰레기 봉지가 층을 이뤄 쌓여 있었다. 상점의 입간판처럼 보인 것은 쓰레기였고 군대의 막사 같은 길쭉한 형태의 구조물도 실은 수천개의 쓰레기 봉지 대열이었다. 거리에 나뒹구는 것들은 정체를 궁금해할 필요도 없이 거의 쓰레기였다. 냄새는 방치된 쓰레기에서 풍겨 나왔다.

쓰레기로 골머리를 앓는 도시 얘기를 들은 적 있었다. C국의 문제는 아니었다. 세계 3대 미항 중 한곳으로 꼽히는 도시에서 벌어진 일이었다. 매립지가 포화상태에 이르고 정치적 분쟁으로 수거 업체가 장기간 집단파업을 감행하면서 수거되지 못한 쓰레기가 고대 유적을 간직한 도시 한가운데 고스란히 방치되었다. 거리 곳곳에 썩은 내가 진동하고 유독가스가 피어오르면서 질병이 발생하고 유적이 부식했다. 쓰레기로 인한 항의성 시위를 정부가 과잉진압하면서 유혈폭동이 발생했다. 철제 진압봉을 든 경찰과 피켓을 든 시민들이 쓰레기 더미와 뒤섞여 맞섰다. 유혈시위가 벌어진 도로에서 서쪽으로 이동하면 항구가 있었다. 멀리서 보면 항구의 풍경은 여전히 아름다웠다. 흰 돛을 단 배들이 바람에 부드럽게 몸을 내줬다. 하지만 가까이 가보면 물 위에도 쓰레기가 떠 있는 게 보였다. 제4구 역시 비슷한 상황인지도 몰랐다.

대오를 갖춰 늘어선 쓰레기 더미를 지날 무렵 덜덜대며 불안하게 움직이던 트렁크 바퀴가 기어이 빠져버렸다. 바퀴는 도르르 굴러 쓰레기 더미 속으로 들어갔다. 그는 바퀴 빠진 트렁크를 거칠게 잡아끌었다. 쓰레기 속에서 비닐봉지가 바스락거리는 소리가 들려와 걸음을 빨리했다. 간간이 숨을 할딱이는 소리도 들렸는데 고양이나 개, 혹은 쥐들이 쓰레기를 뒤지는 모양이었다. 이 도시에서 동물들이 굶주릴 일은 없어 보였다.

내장이 뒤틀릴 듯 지독하던 냄새도 익숙해졌는지 갑작스럽게 허기가 밀려왔다. 불 꺼진 식당의 간판과 유리 진열대에 전시된 음식 모형에 자꾸만 눈길이 갔다. 그러고 보니 종일 아무것도 먹지 못했다.

상점은 모두 문을 닫았다. Y시는 상점의 영업시간을 밤 여덟시까지로 제한한다고 했다. 경제적 이익보다 인간적 삶의 가치를 보호하려는 취지로 시의회에서 제정한 사항이었다. 얼마간 경제적 손실을 감수하더라도 시간의 여유를 확보함으로써 고유의 삶을 유지해야 한다는 의도였다. 그 때문에 사전 신고를 통해 합법적으로 허가를 받아 영업하는 업소의 매출 이익이 늘어 특혜 의혹을 받는가 하면 단속을 피해 암암리에 불법영업을 하는 가게가 성행한다는 얘기가 외국의 가이드북에까지 실릴 정도였다.

이런 악취 속에서 삶의 가치를 어떻게 보장할지 의문이었으나 걸어서 대교를 건너는 동안 아무리 지독한 냄새라도 금세 동화된다는 걸 깨달았다. 보도에 깔린 쓰레기를 발로 치우며 길을 내고 걷자니 이 정도로 수북하게 방치된 쓰레기는 어찌 생각하면 삶의 질을 보장받으려는 수거인들의 적극적 의사 표출의 결과라는 생각이 들었다. 아무리 쓰레기가 썩어가는 도시라도, 악취를 풍기는 도시라도 그 속에서 유지되는 가치가 있지 않겠는가.

*

아파트는 밤 그늘에 잠겨 어두컴컴했다. 드디어 도착했다는 안도감에 취해 그는 트렁크를 세워놓고 공동현관 앞에 서서 잠시 어두운 아파트를 올려다봤다. 자정이 되기 전이지만 불이 켜진 세대가 얼마 없었다. 폐점 시간이 이르고 쓰레기가 넘쳐나는 도시에 있다보면 일찍 잠자리에 들게 되는 걸까.

아파트는 좁은 중정을 중심으로 각층에 열여덟세대가 배치되어 있었다. 중정에는 커다란 플라스틱 화분이 여럿 놓여 있었는데, 세련된 미감의 아파트 외관과 다르게 조악한 조화를 심어두어 우스꽝스러워 보였다.

그의 숙소는 4층 6호였다. 몰이 특송으로 보내준 카드키를 갖다 대자 수월히 잠금쇠가 풀렸다. 문이 열리는 소리에 그는 크게 한숨을 내쉬었다. 다리가 후들거릴 정도로 피곤했다. 트렁크를 끄느라 시큰거리던 팔은 이제 무감각하게 굳어버렸다. 일단 트렁크를 복도에 두고 집 안으로 들어가 센서에 마스터키를 꽂았다. 뜸을 들여 불이 켜지면서 방과 부엌, 화장실이 각각 하나씩 있는 전형적인 독신자형 숙소가 모습을 드러냈다.

손부터 씻으려는데 전화벨이 울렸다. 예상치 못한 소리여서 그는 깜짝 놀랐다. 숙소에 전화가 설치되어 있는 줄 몰랐던 것이다. 마스터키의 사용을 확인한 관리인이거나 도착 여부를 확인하려는 본사 직원이려니 생각하고 서둘러 전화를 받았다.

전화를 건 사람은 몰이었다. 몰은 그의 외국어가 익숙지 않다는 점을 배려하여 천천히 말했고 간단한 단어를 이용해 문장을 이어나갔다. 순전히 몰의 노력으로 그는 말을 거의 알아들었다. 몰은 격리에 대한 놀라움을 숨기지 않았다. 강화된 검역 기준이 유독 외국인에게 까다롭게 적용되지만 실제 공항에서부터 격리된 사례는 처음 들어본다고 했다. 몰은 그의 피로를 이해하고 있으니 당분간 출근하지 말고 쉬라고 했다. 쉬라니. 그로서는 다소 반가운 말이었으나 몰의 주저하는 태도가 왠지 마음에 걸렸다.

"당분간이라니, 얼마나요?"

"내부에 문제가 생겼어요. 시간이 필요합니다."

"무슨 문제인가요?"

"별거 아닙니다. 근무 인원을 조절해야 해서요."

"그럼 언제부터 출근합니까?"

"내부 회의를 거쳐야 합니다. 정해지면 알려줄게요."

몰은 대략 일주일이나 열흘 정도로 예상한다고 덧붙였

다. 그는 아무리 간단한 내용이라도 C국의 언어를 제대로 알아듣지 못한다는 불안감에 시달렸으므로 일주일이나 열흘 후?라고 영어로 확인했고 몰에게서 그렇다는 대답을 들었다.

"하지만 아직 불확실한 상황이에요. 회의를 거쳐야 뭐든 정해집니다."

몰이 말했다. 부서 담당자들 간에 결정해야 할 문제가 있다고도 했다. 그게 무엇인지 물었으나 이번에도 별거 아니라는 대답을 들었다. 그가 잠자코 있자 더 설명이 필요하다고 여겼는지, 곧 회의가 소집될 텐데 거기서 구체적인 내용이 논의될 것이라고 되풀이했다. 되묻거나 따져 묻기 곤란할 만큼 폭넓고 애매한 대답이었다.

그는 출근 시기에 대해서라도 확답을 듣고 싶었다. 몰에게 정확한 대답을 듣기 위해서는 어떤 단어와 문형을 사용해야 할지 생각하느라 시간을 끌었다. 그러나 아무리 고심해도 그의 회화 실력으로 원하는 말을 들으려면 전적으로 우연에 기대는 수밖에 없었다.

몰로서도 자신의 대답이 미진하다고 느꼈는지 C국이 처한 정치적 상황 때문에 그의 근무 개시를 섣불리 결정할 수 없다고 덧붙였다. 그는 파견사원의 출근 여부를 고려할 정치적 상황이 무엇인지, 극우화되고 있는 C국의 최근 행보와 그로 인한 모국과의 갈등 때문인지 질문했다. 몰은 조금 웃었고 그의 질문에 답하지 않은 채 늦어도 열흘 정도면 결정이 난다고 다시 얘기했다. 그는 몰이 그 말을 하면서 '특별한 이상이 없다면'이라고 전제했다고 생각했으나 되새길수록 어쩌면 그 말은 '특별한 경우이므로'가 아닐까 싶기도 했다.

몰의 대답에 그는 안도와 불안을 동시에 느꼈다. '늦어도'라는 말은 안도감을 주었다. 파견근무 상황에 변동이 있는 건 아니라는 뜻 같아서였다. 통화 말미에 들은 말이 '특별한 경우이므로'가 맞는다면 최장 열흘 정도의 휴가를 특별한 경우로 지칭하는 것일 수도 있었다. 반면에 'C국이 처한 정치적 상황'이라는 말은 그를 조금 불안하게 했다. 쓰레기 파동과 확산 일로에 들어선 전염병 상황이 자국민도 안심할 수 없는 수준이라는 뜻 같아서였다. 더불어 그의 염려대로 양국의 정치적 갈등을 뜻한다면 파견근무 자체가 취소될 가능성도 있었다.

그는 어떤 궁금증도 해결하지 못한 채 몰과 '감사합니다'와 '실례했습니다'라는 말을 번갈아 여러차례 주고받았고 결국에는 어영부영 통화를 끝냈다. 수화기를 내려놓고서야 몰에게 숙소의 전화번호를 확인했어야 한다는 생각이 들었다. 그는 번호를 몰라 무용지물인 수화기를 들어보았다. 태평하고도 균일한 신호음이 들렸다. 그럼에도 일방적인 수신자라는 것 때문에 신호음이 낯설게 느껴지며 자신이 외국의 낯선 아파트에 덩그러니 놓여 있음을 실감했다.

*

일주일 전만 해도 연수를 겸한 본사로의 파견은 거의 취소된 계획으로 보였다. 예정 근무일이 변경되자 근무 개시가 계속 미뤄져왔다. 최초 근무 예정일 즈음해서는 C국의 정치적 상황이 극도로 혼란스러워졌다. 오래 권력을 잡아온 우익 정권의 독단적 성향 때문에 시민봉기가 일어나리라는 예측이 있었다. 이미 산발적인 소규모 시위가 이어졌고 어수선한 분위기 속에서 시행된 선거에서도 보수 정권이 압도적 승리를 거두었다.

그다음 합의된 근무일 무렵에는 C국에 대규모 지진 주의보가 발령되었다. C국은 두개의 지질 판이 만나는 근처에 있어 늘 지진의 위험에 노출되어 있었다. 세계 각국의 지진 관련 협회에서는 전조현상을 근거로 대지진 예상일을 내놓기도 했다. 예상일이 지나도록 지진은 발생하지 않았다. 그때 출국 연기를 결정한 사람은 그의 상사인 C국 출신 지사장이었다. 지사장은 몇해 전 C국 도심지에서 발생한 지진으로 사촌을 잃은 적이 있었다.

다음번 근무일에 즈음해서는 본사에서 파견에 대한 회의적인 의견이 나왔다. 경영자 양성은 명목뿐이고 본사 기술과 노하우가 유출되어 오히려 지사가 기술적으로나 재정적으로 독립할 빌미를 제공한다는 이유에서였다. 현지 직원의 지사장 선출은 시기상조라고도 했다. 예정된 근무일이 다가왔지만 일부 임원은 반대 입장을 굽히지 않았다.

파견을 주장하는 사람은 C국 출신으로 9년째 국내에서 지사장을 맡고 있는 그의 상사뿐이었다. 지사장의 오랜 설득으로 그를 지지하는 본사 임원도 있었으나 의사결정에 별 영향력이 없는 사람들이었다. 근무 개시가 지연되는 동안 지사장의 주장은 그대로 폐기되는 듯했다. 파견을 반드시 성사시키겠다는 장담과 달리 지사장에게는 마땅한 추진력도, C국에서 입김이 작용할 만한 인맥도 없었다.

결과적으로 파견은 보류되었지만 대상자 선발을 두고 생겨난 잡음은 가라앉지 않았다. 그의 선발에 가장 분개한 사람은 어류 선배—성이 '어'씨이고 두 눈이 지나치게 얼굴 옆쪽에 붙어 있어 생긴 별명이었다—였다. 현지 직원이 지사장이 된다면 경력과 나이가 가장 많은 어류 선배이리라는 게 대다수 직원들의 생각이었다. 경영인 연수를 겸한 파견근무 대상자가 선발된다면 그 사람도 당연히 어류 선배이리라 여겼다. 그의 동기들도 마찬가지였다. 그에 더해 동기들은 입사가 같더라도 누군가 먼저 승진하는 일이 생기기야 하겠지만 절대로 그여서는 안 된다고 여기는 듯했다.

동료들은 파견근무가 특별한 경력이 되리라는 추측 때문에 촉각을 곤두세웠다. 지사장은 부임 5주년 결산회의에서, 차기 지사장은 C국 사람이 아닐 거라고 단정적으로 언급했다. 또한 본사와 긴밀히 협력해야 하는 만큼 차기 지사장 선발에는 본사 근무 경력이 중요하게 작용할 것이며 모두가 수긍할 만한 대상자를 찾기 위해 현재 신중히 검토 중이라고 했다. 직원 모두의 기대대로, 특히 어류 선배의 기대대로 파견사원은 경영인 연수 후 지사장으로 발탁될 가능성이 높았다.

그 역시 자신의 선발을 납득할 수 없었으므로 직원들을 멀리했다. 직원들은 그를 깎아내리고, 무리하게 대상자를 선발한 지사장을 비난하고, 그의 선발을 최종 결정한 본사 담당자를 욕하려고 수시로 탕비실이나 휴게실에 모였다. 평소 친절하고 시시한 장난을 자주 걸던 어류 선배의 돌변한 태도와 비난에 열을 올리는 동기들의 냉랭한 모습은 그에게 깊은 상처를 남겼다. 어류 선배는 순박하고 무해한 표정으로 직원들의 동정을 샀다. 별다른 노력을 하지 않아도 두 눈을 부드럽게 내리깔면 그런 표정이 나왔다. 동기들은 틈나는 대로 어류 선배를 중심으로 모여 지사장의 편향된 인사 방침을 성토했다. 하지만 그렇게 비난하는 무리 중 누구도 지사장에게 선발 근거를 말해달라거나 파견근무의 의미를 질문하지 않았다.

"쥐 때문이야."

파견근무 계약서를 작성하는 자리에서 그가 선발 이유를 묻자 지사장이 대답했다.

"쥐요?"

"내가 보기에 자네만큼 쥐를 잘 잡는 사람은 없어."

통역을 겸하는 지사장의 비서가 재미있다는 듯 그를 힐끔거렸다. 그는 금세 풀이 죽었다. 경영인 연수를 겸한다면서 선발 사유가 시시하기 짝이 없었다. 아무리 방역회사라고 해도 하필이면 끔찍이 싫어하는 쥐 때문이라니. 장래성이 촉망된다느니 업무 태도가 훌륭하다느니 실적이 뛰어나다느니 경영자의 자질이 있다느니, 그 모두가 아니라면 까닭 없이 마음에 든다느니 하는 입에 발린 말을 바랐지만 지사장은 더 할 말이 없다는 듯 입을 다물었다.

"쥐를 잡는 사람은 저 말고도 많은데요."

지사장이 어깨를 으쓱했다.

"물론 그렇지. 하지만 다들 만들어진 약이나 팔고 덫을 놓을 줄이나 알지, 직접 쥐를 잡는 사람은 없어. 자네는 쥐를 잡겠다고 달려들었잖아."

다른 칭찬을 기대하며 되물어도 지사장은 쥐 때문이라는 단순 명쾌한 이유를 번복하지 않았다.

지사장의 말대로 그는 쥐와 육탄전을 벌인 적 있었다. 부임 직후 사원 회식을 겸한 지사장의 집들이 자리에서였다. 정원 모퉁이에서 한 직원이 지사장의 여섯살 아들과 사이좋게 캐치볼을 하고 있었다. 어둑해지는 하늘을 번갈아 오가는 흰 공의 짧은 포물선은 평화로워 보였다.

그가 구워진 고기를 막 접시에 담으려는데 허공을 가르던 야구공이 툭 떨어졌다. 공은 잘 깔린 잔디 위를 천천히 굴렀다. 얼마 후 공을 주우러 가던 아이의 비명이 들려왔다. 아이가 경직된 팔을 쭉 뻗어 가리킨 끝에 건장한 사내의 팔뚝만큼 커다란 쥐가 있었다. 꼼짝 않는 게 자신이 방금 나온 곳으로 돌아갈지 눈앞의 적들에게 맞설지 가늠하는 듯했다.

겁을 먹은 건 오히려 사람들이었다. 직원들의 낮은 비

명이 오가고 잡아라, 그러려면 살충제라도 있어야 한다, 지사장 집인데 약도 안 가져다두고 뭐 했느냐, 덤비지 않으면 모른 척 보내줘라, 그냥 도망갈 거다, 고기만 안 훔쳐가면 된다는 둥 여러 말이 분주히 오갔다. 떠들어대기만 할 뿐 누구도 잡으려 하지 않았다. 그중에는 약품 개발 연구원도 있었다. 그들은 날마다 실험실에서 쥐를 만졌지만 분홍 몸통의 작은 실험용 쥐일 뿐으로 조금도 위험하지 않고 전혀 위협이 되지 않았다. 실험실이 아닌 일상에서 대면한 쥐는 크고 더럽고 지저분했다. 솔직히 말하면 무서웠다.

"어떻게 좀 해봐."

어류 선배가 그를 슬쩍 밀었다. 그보다 나이 어린 후배가 많았으나 선배가 편하게 일을 떠넘길 연배는 그뿐이었다. 쥐약으로 잡든 때려잡든 어중간한 직급인 그가 나서야 할 듯했다. 무턱대고 바깥으로 나와서 벌벌 떨고 있는 쥐새끼 역시 막내도 최고참도 아닌, 한마디로 뭘 해도 티가 안 나는 중간 순위겠지. 제집 근처에서 벌어지는 먹이 싸움에서 밀리고 마음씨 좋은 척하느라 후배에게 제 자리를 내주고 낯선 곳으로 밀려났을 것이다. 그는 잠시 쥐를 마주보며 서로의 곤란한 심정을 주고받았다.

"빨리."

어류 선배의 재촉에 그는 엉겁결에 앞으로 나섰다. 주위를 두리번거리다가 근처 의자에 놓여 있던 가방을 들었다. 던져도 깨지지 않을 유일한 물건으로 그 가방이 눈에 띄었다. 게다가 뭐가 들었는지 가방은 묵직했다. 명중만 시킨다면 압사시킬 수 있을 듯했다.

그가 겁먹은 쥐에게 가방을 던지려는 순간 짧은 비명이 들렸다. 내장이 터진 쥐를 상상하며 내지르는 소리인 줄 알았는데, 가방 때문이라는 걸 나중에야 알았다. 쥐는 불행인지 다행인지 그 가방에 정통으로 맞았다. 뭔가가 퍽 하고 터지는 소리가 났다고 생각했지만 그의 상상이었다.

가방 주인인 신입사원이 울먹이는 소리를 듣고서야 그는 정신을 차렸다.

"어쩌자고 저 가방을 골랐어?"

어류 선배가 난감한 표정으로 물었다.

"딱 봐도 비싸 보이잖아. 싸구려를 골랐어야지."

"마음이 급해서요."

"가방은 던져도 쥐는 맞히면 안 되지. 그게 이상적이잖아. 뭐 하자고 죽자고 덤벼."

"이왕 던진 거면 맞혀야죠."

"쥐 한마리 잡아서 어쩌겠다고. 뭐든 하려는 시늉만 하면 되지 진짜로 할 필요는 없었다고. 우리는 딱 그만큼만

하면 돼."

어류 선배가 혀를 찼다.

"저 가방은 어쩔 거야. 더러운 건 정말 질색인데."

가방은 얼핏 보아도 귀퉁이가 찌그러지고 가죽 표면이 긁혀 있었다. 누구도 가방 가까이 가지 않았기 때문에 이번에도 할 수 없이 그가 나섰다. 쥐를 깔아뭉갠 가방을 치우려 하자 동료들이 멀찍이 물러섰다. 가방 주인조차 가까이 오지 않았다. 그들이 자신을 쥐 보듯 하는 것은 다 쥐 때문이었다.

가방의 밑면은 보지 않아도 흉측할 것 같았다. 쥐의 내장과 피, 털과 살점이 뒤엉켜 달라붙어 있겠지. 다행인지 쥐는 잠깐 정신을 잃은 정도였다. 몸이 터져 죽은 건 아니라는 생각에 그는 안도의 한숨을 내쉬었다. 그러고는 다시 그 일을 감행했다. 화단에서 주운 널찍한 돌로 정신을 잃은 쥐를 힘껏 내리친 것이다. 물론 그러는 동안 아무도 그를 돕지 않았다. 이제야말로 쥐는 내장이 터진 듯했다.

그러고 나서 그는 잔디에 떨어진 가방을 주웠다. 가방에서 빠져나온 파우치와 지갑과 묵직한 책을 주웠다. 파우치에 그려진 미키마우스 때문에 비죽 웃음이 났으나 크게 웃지는 못했다. 가방 주인이 끝내 울음을 터뜨려서였다. 고기맛 다 떨어졌다는 선배들의 소리도 들렸다. 내장이 터진 쥐를 쓰레기통에 담으면서 그는 앞으로 미키마우스나 쥐 캐릭터를 보고 절대 웃지 않으리라 다짐했다. 다른 직원의 가방을 만지지 않을 것이고 비싼 가방을 알아보는 안목도 기를 것이다. 무엇보다 절대로 다시는 쥐를 잡으려는 짓은 하지 않으리라.

"그때 쥐를 잡아서 쓰레기통에 넣는 모습을 보고 감동했네. 약이 없으면 때려잡는다. 방역회사 직원이라면 그렇게 해야지."

지사장이 말했다.

그 정도는 별거 아니라고 겸손하게 굴어야 할지, 언제든 정원에 쥐가 나타나면 잡아드리겠다고 장담해야 할지 알 수 없어서 그는 묵묵히 듣기만 했다. 비서는 입술을 꽉 물고 있었는데, 비웃음을 참는 것이었다. 쥐 잡는 모습에 감동했다니 그 역시도 조롱당한 기분이었다. 자신을 흉보는 직원들이 이해가 되었다.

입이 싼 비서 탓에 그의 파견근무가 쥐 때문이라는 소문이 금세 퍼졌다. 내장이 터져라 쥐를 잡고, 여직원의 냉대를 견디고, 가방 할부금을 대신 내고 얻은 자리임을 알게 된 동료들은 그를 쥐사나이라고 불렀다. 놀리기에 적당한 이유였지만 선발 과정이 불공정했음이 밝혀진 꼴이어서 사내 분위기는 더욱 냉랭해졌다. 현지에서 업무를 수행하기에 그의 외국어 실력이 미천하고 경영자가 되기에 리더십이 부족하며 마땅히 내세울 업무 성과가 없다는 의견이 주를 이뤘다.

직원들 사이에 도는 소문과 반감을 눈치 챈 지사장이 그를 따로 불러 말했다.

"리더십은 만들어지는 거야. 지위와 권력이 생기면 그런 건 저절로 따라와. 성과는 업무의 부산물이지. 지사장이 되면 당연히 성과가 생겨."

권력 지향주의자의 편향된 말이었지만 누구든 자기편을 드는 사람이 있다는 데서 마음이 놓였다. 지사장은 서툰 의사소통 능력도 별 문제없다고 판단했다. 자신만 해도 현지어를 전혀 모르는 채로 지사장을 하고 있으니 필요하다면 통역을 쓰면 된다는 것이다. 파견근무라고는 해도 당장 연구 프로젝트에 투입될 리 없고 얼마간 적응 기간을 거칠 테니 지금부터라도 언어 학습에 매진하라고 조언했다.

"내가 볼 때 자네는 업무적인 면에서 눈부신 성장을 했어. 외국어 습득 능력도 남다를 거라고 생각해."

지사장은 칭찬의 말을 덧붙였으나 도대체 그가 어떤 점에서 성장했는지, 무슨 성과를 거두었는지 구체적으로 말해주지 않았다.

그가 할 줄 아는 C국의 언어는 기초적인 수준에 불과했다. 파견근무가 결정되고 본격적인 외국어 공부를 시작하여 삼개월간 초급 과정을 수료한 게 전부였다. 그나마도 오래전 일이었다. 근무 개시일이 계속 연기되면서 파견 자체가 불확실해지자 짬을 내어 외국어 공부에 박차를 가할 여유가 없었다. 회사에서는 이전보다 더 바빠졌다. 선배들은 성과가 크지 않을, 번거롭고 손이 많이 가는 일을 은근히 그에게 떠넘겼다. 거의 날마다 잔업을 해야 할 지경이었다. 게다가 그 무렵 아내와 사이가 나빠지면서 외국어로 미래를 도모하는 일 따위에 신경 쓸 여유가 없어졌다. 현재의 처신을 결정하기도 힘들었다.

초급 과정을 마친 덕에 그는 C국의 언어로 단순한 감정 표현과 기본적인 욕구 표현을 나타낼 수 있었다. 그러나 구체적인 이유를 덧붙이기 어려웠고 정확히 어떤 마음인지 설명하지 못했다.

요구나 부탁을 할 때는 정중한 표현 대신 직설적으로 명령하거나 지시하는 문형을 자주 썼다. 그 때문에 외국어 강사로부터 권위적이고 차가워 보인다는 평가를 들었다.

학원에서 마지막으로 배운 것은 사역수동으로, 주로 곤란하거나 못마땅한 경우를 돌려서 말할 때 쓰는 문형이었다.

교재에 나온 예문은 이러했다.

"지난달에 회사에서 여름휴가 보너스를 받았습니까?"

"아니요, 회사에서 그만두게함을 당했습니다."

"미안합니다. 실례했습니다."

해고를 당했다는 뜻의 사역수동식 표현인데, 강사는 이런 내키지 않는 예문을 끝도 없이 반복하여 말하게 했다. 그래서인지 보너스를 받아야 하는 달에 해고당한 근로자가 된 듯 우울해졌고 C국의 언어를 쓰는 상황에서는 어떤 경우건 회사에서 해고당했다는 예문부터 떠올랐다.

더구나 그는 C국의 문화적 사회적 정치적 상황에 관해 정확히 아는 바가 거의 없었다. C국이 세계 공통의 연도 표기법을 사용하는 동시에 오랜 전통에 따라 독자적인 연호를 병기한다는 것은 알았지만 지금이 구체적으로 어느 왕조 몇년인지는 몰랐다. C국의 현 내각 총리 이름을 알았으나 그가 속한 보수 성향의 정당 이름은 자주 헛갈렸고 이전 총리의 이름을 기억하지만 순서대로 나열할 수 없었다.

지사장은 본사 인사담당자에게 보내는 추천서 하단에 그의 외국어 학습능력에 대해 짤막한 의견을 첨부했다. 현재 자질보다는 향후 지속적으로 학습할 경우 획득 가능한 능력에 대한 상찬으로, 지금의 미천한 외국어 실력을 노력과 성실로 향상시킬 수 있으리라는 기대의 말이었다.

인사담당자인 몰이 면담차 그에게 전화를 걸어 왔다. 그를 추천한 사람은 지사장이지만 파견에 대한 최종 결정을 내리는 사람은 몰이었다. 이제 겨우 초급 과정을 통과한 사람으로 몰의 말은 알아들을 수 없을 정도로 빨랐다. 그는 공식적인 연설에서 말끝마다 '……한다고 생각한다'를 붙이는 지사장을 따라 몰이 무슨 질문을 하건 "실례합니다. 지금은 부족하니 열심히 해야겠다고 생각합니다"는 식의 답변을 늘어놓았다.

동료들은 꼴사나워했다. 한 동기 녀석은 회의 시간에 아이디어를 설명하며 '실례지만 지금은 부족하니 열심히 해야겠다고 생각한다'고 덧붙였다. 동료들이 키득거리며 농담을 이어나갔다.

"정말 실례하는군."

"실례인 줄 알면 부족하면 안 되지."

"앞으로는 실례 좀 하지 마."

'다들 나한테 실례하는군.'

그는 속으로만 투덜거렸다.

동료들은 그의 선발을 두고 지사장에게 항의하고 따져 묻기보다 특혜받은 그를 맹렬히 비난하는 쪽을 선택했다. 여전히 지사장의 지시를 고분고분 따랐고 사소한 농담에도 크게 웃어주었고 취향에 맞는 점심 메뉴를 군말 없이 선택했다.

파견 대상자로 선발된 후 그는 약품 제조 및 적용 실험을 하는 데 있어 동료들의 어떤 협조도 얻지 못했다. 사소한 정보 공유가 늦어졌으며 식사 회합에서 제외되었고 그의 농담에 아무도 반응하지 않았다. 파견근무가 몇번에 걸쳐 미뤄지고 결국 없던 일처럼 되어버린 후에도 동료들과의 관계는 달라지지 않았다. 두명 이상 휴게실에 모여 있으면 급한 일이 생각난 듯 되돌아 나왔고 탕비실에 커피를 마시러 갔다가 누군가 있으면 아래층을 이용했다. 점심시간에는 가급적 먼 거리의 식당에서 혼자 식사를 했고 동기 모임에도 나가지 않았다.

대상자로 선발되기 전만 해도 그는 직원들과 친밀한 관계를 유지해왔다. 어떤 동료와는 사무실의 다른 사람이 모르는 비밀을 주고받을 정도로 사적인 관계를 유지했다. 물론 대부분의 비밀은 곧 공공연히 알려졌지만 말이다. 어떤 동료와는 취향이나 성향이 전혀 맞지 않았음에도 회의 때면 늘 의기투합했다. 간단한 인사 외에 교류가 없는 동료도 있었지만 어쩌다 자리를 함께하는 경우 그동안 서로 소원했음을 진심으로 미안해하며 친목을 다졌다. 말하자면 인간관계나 업무 형태에 있어서 실로 평범한 직장생활을 유지해왔다.

순전히 파견 대상자로 선발되었기 때문에 그는 동료들과 사이가 틀어졌다. 그가 속한 프로젝트는 다른 사람들의 관심을 사지 못했고, 그로 말미암아 협업이 어려워지면서 결국 리더십을 발휘하지 못해 업무 수행 능력을 펼칠 기회를 잃었다.

파견이 무산될 가능성이 커질수록 그는 점점 더 C국으로 가고 싶어졌다. 그를 헐뜯으려 안달 난 동료들을 떠나고 싶었다. 평범한 그의 인생에서 파견이 유일한 기회처럼 보였다. 나날의 근무가 소액 적금을 붓는 것처럼 따분했다면 파견은 수령이 보장된 고액 보험증권 같았다.

*

베란다에서는 공터를 사이에 두고 마주한 아파트가 내다보였다. 드문드문 켜진 아파트 불빛이 어둠 속에 빛났다. 그는 먼 빛이 만든 풍경을 홀린 듯 바라보았다. 여느 도시의 밤과 다를 바 없이 평온했다. 어두운가 하면 환한 불빛이 반짝였고 고요한가 하면 어디선가 웅성거리는 소리가 들려왔다.

자세히 보니 공터는 그저 빈 땅이 아니라 공원이었다. 가로등이 산책로를 비추고 있고 곳곳에 벤치가 놓여 있었다. 중앙에 자리한 둥근 형태의 화단에는 둥치 굵은 나무들이 가지를 길게 늘어뜨리고 있었다. 공원 벤치는 늦은 시간임에도 앉거나 누운 사람이 자리를 차지하고 있었는데, 시간이 지나도 움직임이 없는 걸 보면 부랑자들인 모양이었다.

숙소에 구비된 살림은 단출했다. 베란다 유리문 오른쪽으로 슈퍼싱글 사이즈 침대가 놓여 있었다. 침대 발치에 두칸짜리 붙박이장이 있고, 맞은편에는 수납장 위에 텔레비전이, 그 옆으로 책상과 의자가 놓여 있었다. 현관에서 방으로 이어지는 통로에 부엌이 있었고, 싱크대에 냄비 그릇 접시 칼 가위 등이 구비되어 있었다. 샤워실과 변기가 분리된 화장실은 다소 좁기는 해도 혼자 쓰기에 무리가 없었다.

숙소를 다 둘러보고 짐을 정리할 때가 되어서야 트렁크를 여태 복도에 두었다는 걸 깨달았다. 허둥지둥 나가 현관문을 열었지만 복도는 텅 비어 있었다. 트렁크가 없었다.

그는 믿을 수 없어 트렁크를 내려놓았던 자리를 멍하니 바라보았다. 바닥에 깔린 질감이 거친 카펫은 입을 다물고 있었다. 복도에 희미한 어둠 말고는 아무것도 없었다. 일정한 간격으로 늘어선 현관문들은 굳게 닫혀 있었다. 그중 한곳에 사는 누군가 트렁크를 가져간 것이 아니라 애당초 자신이 트렁크를 끌고 오지 않았다 싶을 정도였다.

그는 트렁크의 분실을 공모한 어두운 복도를 전부 훑어보았다. 그가 지나갈 때마다 문 앞에 달린 센서등이 켜졌다 꺼졌다. 현관문 아래쪽으로 불빛이 새어 나오는 곳이 있는지 살펴보았으나 그런 집은 없었다.

그가 집 안을 둘러보는 동안 저 문들 중 하나가 열렸고 누군가 걸어 나와 무거운 가방을 소리도 내지 않고 들고 갔다. 바퀴가 빠졌으니 트렁크를 끌었다면 소음이 났을 것이다. 트렁크에 눌린 자국이 카펫에 남았을 수도 있다. 소리도 자국도 남기지 않고 단숨에 들고 간 걸 보면 범인은 힘이 세고 덩치가 큰 사람인 모양이었다. 그것이 사라진 짐을 두고 그가 할 수 있는 추리의 전부였다.

그는 하릴없이 4층에 있는 모든 세대를 다시 한번 훑어보았다. 굳은 얼굴의 철문을 일일이 쏘아보며 트렁크에 든 물건들을 헤아렸다. 출국하는 날 아침, 손에 잡히는 대로 옷가지와 속옷을 욱여넣었다. 여벌의 신발도 챙겨 넣었고 눈에 띄는 몇권의 책도 넣었다. 그나마 연구 자료와

노트북을 여권과 함께 별도의 가방에 넣어 왔다는 점이 위안이 되었다. 생각할 것도 없이 트렁크에 든 물건들은 잃어버려도 별 상관이 없었다. 당장 갈아입을 옷이 없어 불편하겠지만 쇼핑만 하면 해결될 것이다. 돈만 있으면 언제든 구할 수 있는 물건들을 담아오느라 고생을 자처한 셈이다. 그는 다소 침울해졌다. 트렁크를 분실해서라기보다 C국에 도착해 연이은 불운을 겪은 탓이었다.

그래도 이 모든 일은 앞으로 체류하면서 닥칠 일들의 액땜이리라고, 공중위생의 말대로 해프닝에 불과하다고 생각하고자 했다. 그는 상황이 제대로 풀리지 않으면 금세 풀죽고 의기소침해지는 성격이지만 복도에 감시카메라가 설치된 것을 확인하고 스스로를 다독였다. 관리인의 도움을 받아 녹화 영상을 돌려 보면 트렁크를 가져간 사람을 바로 찾을 수 있을 것이다.

하지만 비관이 싹트는 데는 긴 시간이 걸리지 않았다. 숙소에 들어와 휴대전화가 트렁크에 있다는 걸 깨닫자마자 낙담했다. 새벽까지 술을 먹느라 방전된 단말기를 쓸 일이 있을까 싶어 트렁크에 넣어버렸다. 휴대전화에 저장된 번호 말고는 별도의 연락처를 가지고 있지 않았다. 번호를 알아내려면 번거로운 과정을 거쳐야 할 것이다.

그는 단지 옷가지 몇벌과 전자기기를 잃어버린 것에

불과하다고 여기기로 했다. 그런 사실을 되뇔수록 낡은 파자마가 그리워졌고 누구라도 좋으니 목소리를 듣고 싶어졌다.

목이 탔는데 마실 물이 없어서 수돗물을 받았다. 오랜만에 틀었는지 녹물이 흘렀다. 얼마간 기다렸지만 물에서는 계속 녹이 섞여 나왔다. 할 수 없이 녹이 가라앉은 물을 조금 마셨다.

그는 침대에 드러누워 이불을 목까지 덮고 텔레비전을 틀었다. 방영되는 채널이 몇개 되지 않았는데 그중 세 채널에서 계속 뉴스가 보도되고 있었다. 자료화면이 오래된 필름 영화처럼 자주 끊겼다. 방송사에서 촬영한 영상이 아니라 누군가 휴대용 기기로 촬영해 제보한 듯 상태가 좋지 않았다.

화면은 돌연 큰 병원을 비추었는데 공항에서 만난 위생의들처럼 온몸을 방역복으로 무장한 사람들이 흰 천을 덮은 이동식 침대를 구급차에서 병원으로 끊임없이 실어 나르고 있었다. 아래쪽으로 축 늘어진 흰 천 때문에 침대에 누운 사람이 환자가 아니라 시신임을 알 수 있었다.

끊임없이 시신을 나르는 광경이 끔찍했지만 뉴스는 광고로 자주 중단되었다. 우울하고 비극적인 뉴스 화면과 달리 광고는 들뜬 유머 일색이었다. 죽음을 전하는 화면 다음에 한 남자가 신나는 얼굴로 거품 맥주를 마시는 장면이 이어졌다. 광고가 끝나면 다시 스튜디오에 앉은 아나운서가 굳은 표정으로 전염병 소식을 전하고 잠시 후 다시 활달한 남자의 맥주 광고가 나오는 식이었다. 세계 최초로 개발된 알코올 프리 맥주 광고였다. 알코올도 없는 맥주를 왜 마셔야 하는지 모르겠지만 아무리 마셔도 제정신으로 귀가할 수 있다는 카피가 눈길을 끌기는 했다. 광고와 뉴스의 낙차 때문에 감염 상황이 그다지 심각해 보이지 않았다. 안심한 그는 다른 프로그램을 보다가 까무룩 잠이 들었다.

3

거리는 온통 희뿌연 연기로 가득했다. 방역차가 뿜어낸 소독약이 건물 현관 앞에 뿌옇게 고여 있었다. 상공의 구름이 점성을 잃고 바닥으로 뚝 떨어진 것 같았다. 구름이 아니라는 걸 알려주듯 매캐하고 아린 냄새가 풍겨왔다. 냄새가 퍼지면서 거대한 솜처럼 뭉쳐 있던 연기가 공기 중으로 헤실헤실 풀어졌다.

꽁무니에 분사구를 단 방역차가 소독약 구름을 지나 공원 모퉁이로 사라졌다. 방역은 쓰레기 때문인 듯했다. 길거리에 널브러진 것뿐 아니라 이 도시의 대지 아래는 죄다 쓰레기가 차 있는 셈이니까.

그는 다시 아파트로 들어가 관리실 쪽으로 갔다. 관리인은 아직 나타나지 않았다. 그는 벽에 붙은 근무 시간 안내문을 살펴보다가 대리석에 발을 굴러보았다. 바닥은 단단하고 윤기가 흘렀다. 쓰레기를 매립한 땅에 건설된 아파트라고는 믿을 수 없을 만큼 견고했다.

방역차 소리가 들리더니 이번에도 구름 뭉치가 현관 앞에 떨어졌다. 매캐한 화학약품 냄새가 코를 찔렀다. 이 정도로 강한 독성의 약을 도포해야 겨우 전염병이나 쓰레기 냄새를 막아낼 수 있는 모양이었다. 비교가 내키지 않지만 소독약 냄새가 쓰레기 냄새보다는 나았다. 그는 잠시 소독약 연기 속에 머물렀다. 그러는 사람이 한명이라도 있었다면 방역차 꽁무니를 따라 아이들처럼 뛰었을지도 몰랐다.

약 냄새 때문에 기침이 났다. 간밤에는 다소 나아졌는가 했더니 아침이 되자 심해졌다. 관리인을 기다리느니 약국에 먼저 다녀와야겠다 싶은 참에 방역복을 입은 사람이 나타났다. 차림새 때문에 검역과 관련한 사람이거나 전염병을 관리하는 관청에서 나온 사람인 줄 알았는데 방역복 위에 아파트 이름이 새겨진 조끼를 입고 있었다.

관리인이 무겁게 부푼 몸으로 천천히 관리실 쪽으로 갔다. 그는 관리인을 따라가며 어제 입주한 사람이라고 자신을 소개했다. 관리인이 그의 말을 듣지 못한 듯 안으로 들어가버렸다. 그는 검은 커튼이 쳐진 관리실의 창문을 쿵쿵 두드렸다. 잠시 후 관리인이 창의 커튼만 걷은 채로 물었다.

"무슨 일이시죠?"

"저는 입주자예요. 4층 6호요."

관리인은 잠자코 있었다. 페이스마스크로 가려져 표정을 알아차리기 힘들었다. 그는 어조를 높여 복도에 트렁크를 두었는데 한눈을 파는 사이 누군가 가져갔다고 설명했다. 실제로는 그저 트렁크가 사라졌다고 되풀이했다.

말을 못 알아들었는지 모르겠다는 뜻인지 관리인이 고개를 저었다. 그는 좀더 큰 소리로 말했다.

"누가 가방을 가져갔는지 확인해야 한다고 생각합니다."

벽에 설치된 감시카메라를 가리키며 말을 덧붙였다.

"저것을 보고 싶습니다."

"저것은 고장입니다."

관리인이 말했다. 그는 믿을 수 없다는 듯 고개를 들어 감시카메라를 바라봤다.

"어제도 고장이었습니까?"

"고장입니다. 저것은 고장입니다."

관리인의 반복되는 말을 듣고서야 그는 자신이 왜 쩔쩔매듯 말하는지 알아차렸다. 관리인이 말할 때마다 페이스마스크가 움찔거렸는데, 그게 얼굴을 찡그리는 것으로 보이게 했고 그 때문에 자신이 부당하게 항의하여 괴롭히는 느낌을 주었던 것이다.

뭐라고 대꾸해야 할지 몰라 잠자코 있자 관리인은 약국이라는 낱말을 포함한 긴 문장을 느리게 말했다. 근무 시간에 약국에 다녀오느라 자리를 비웠음을 변명하는 것인지, 아니면 그에게 약국에 다녀오라고 권하는 것인지, 약국이라고 들었지만 실은 다른 뜻의 단어인지 알 수 없었다. 같은 말을 몇번 되풀이하던 관리인은 더는 얘기를 나눌 이유가 없다는 듯 검은 커튼을 닫아버렸다. 창문을 아무리 두드려도 커튼은 다시 열리지 않았다.

*

소독약이 걷히자 희미한 연기 속에 쓰레기로 가득 찬 거리가 모습을 드러냈다. 거리에는 사람이 별로 없었다. 눈에 띄는 사람들은 죄다 방역복을 입고 있었고 간혹 그 위에 경찰 조끼를 덧입은 사람도 보였다.

그가 C국에서 본 사람들은 모두 방역복 차림이었다. 공항 검역원이 그랬고 관리인과 거리의 사람들과 경찰관이 그랬다. C국의 감염 상황이 외부로 알려진 것보다 심각한 모양이었다.

그는 약국이 있으리라 짐작되는 대로변으로 나갔다. 도

로는 어제와 달리 차로 꽉 막혀 있었다. 차들은 거의 서 있다시피 했는데 자세히 보니 대부분 운전자 혼자 탄 차량이었다. 사람들이 대중교통을 꺼리는지 버스도 대개 텅 비어 있었다. 뒤편에서 경적 소리가 울려 돌아보니 방역차가 가까이 서 있었다. 꽉 막힌 도로를 버리고 인도로 올라선 것이다. 인도라고 해도 상황은 나아 보이지 않았다. 인도를 질주하려면 쓰레기 더미를 밀치거나 밟아 터뜨리며 지나가야 했다.

걸음을 디딜 때마다 도포된 소독약이 먼지처럼 날렸다. 행인을 만난다면 약국이 어디냐고 묻고 싶었는데 거리에는 사람이 아무도 없었다. 전염병 상황을 고려하면 감기약보다 방역복이 더 필요할 듯했다. 전염병 예방 효과가 있을지 모르겠으나 갑옷처럼 든든해 보였다.

그는 차량으로 꽉 막힌 대로를 벗어나 골목으로 들어섰다. 쓰레기 더미는 여전해도 차량 소음이 덜했다. 영업을 시작한 식당이 있으면 좋았겠지만 상점은 대개 철제 셔터가 굳게 내려져 있었다. 몇개의 골목을 하릴없이 돌아 다시 대로로 나와서야 그는 앞으로 돌출된 두 건물 사이에 있어 눈에 띄지 않던 작은 약국 간판을 발견했다. 막 인도로 들어선 차량을 가까스로 피해 약국 쪽으로 갔다. 셔터가 올라간 것으로 보아 다행히 영업을 시작한 듯했으나 불이 꺼져 있었다.

가까이 가보니 엉망이었다. 유리 일부가 깨져 있고 입구의 화분은 넘어져 흙이 쏟아지고 나무줄기가 부러져 있었다. 전면 진열대는 사납게 흔들린 듯 텅 비었고 서랍이 불규칙하게 열려 있었으며 바닥에 속이 빈 약품 상자가 나뒹굴었다. 유리 조각이 사방에 흩어져 있어서 발을 디딜 때마다 유리 깨지는 소리가 났다. 그는 두려운 기분으로 전쟁터를 방불케 하는 약국을 둘러보았다. 잠시 후 내실 쪽에서 가운을 입은 사람이 나왔다가 그를 보고 흠칫 놀라 멈춰 섰다. 빗자루를 손에 들고 있었는데 그걸로 치우기에는 어림도 없어 보였다.

그럴 만한 상황이 아닌 줄 알면서도 그는 빗자루를 든 약사에게 감기약과 방역복이 있느냐고 물었다. 약사가 어이없다는 듯 웃음을 터뜨리고는 대꾸 없이 바닥을 쓸기 시작했다.

가까운 곳에서 유리 깨지는 소리가 나더니 커다란 돌멩이가 그의 옆으로 툭 떨어졌다. 하마터면 그가 돌멩이에 맞을 수도 있었다. 약사가 재빨리 카운터 아래로 몸을 숨겼다. 그도 약사를 따라 얼른 카운터 뒤쪽으로 갔다. 이미 여러 사람이 방금 돌을 던진 사람과 같은 방식으로 약국에 다녀갔음을 알 수 있었다. 잠시 후 깨진 유리 조각을 밟으며 한 사내가 약국으로 들어섰다. 약사가 몸을 일으키며 여태 카운터 뒤에서 몸을 숙이고 있는 그에게 이만 나가달라고 했다.

사내가 약사와 대치하듯 마주보고 서서 매서운 눈으로 명령하듯 소리쳤지만 약사도 지지 않았다. 사내에게 무기가 없다는 걸 확인하고 더는 겁을 먹지 않게 된 듯했다. 큰소리를 내고는 있지만 사내도 몹시 지쳐 보였다. 길가의 돌멩이를 무기 삼아 뭔가를 찾거나 빼앗으러 다닌 듯했는데 여태 빈손인 걸 보면 별로 솜씨가 좋지 않은 모양이었다.

약사가 더는 화낼 생각이 없다는 듯 사내와 그에게 잠깐 비키라고 하더니 비질을 계속했다. 약사의 얼굴은 의외로 편안해 보였다. 체념한 것인지 더는 지킬 게 없어서 여유로워졌는지 알 수 없었다. 잃을 게 없다면 두렵지 않으니 용기가 나는 것일 수도 있었다. 약사의 차분하고 느긋한 태도에 기죽은 사내가 건성으로 약국 안을 살펴보았다. 종이상자가 필요한 게 아니라면 가져갈 약품이 남아있을 리 없었다. 사내는 빈손으로 약국을 떠났다.

약사가 여태 입구에 서 있는 그에게 어깨를 으쓱해 보였다. 그는 약품이 전혀 남아 있지 않은 진열대를 바라보았다.

"약을 찾아요? 방역복도요?"

그는 고개를 끄덕였다.

"돈을 드리겠습니다. 저는 강도가 아닙니다."

약사가 웃음을 터뜨렸다.

"외국인이군요. 발음이 특이하네요. 저도 그 말을 하고 싶어요. 저에게 약을 주면 돈을 주겠다는 말이요."

약사가 쓸어 모은 유리를 가게 밖에 내다버렸다.

"보다시피 이 모양입니다. 사망자 폭등 뉴스가 나간 후 간밤에 여러 사람이 다녀갔어요. 무슨 약인지도 모르면서 농약까지 다 챙겨 갔네요. 아침에 와보니 쥐약이 몇개 남아 있기는 하더라고요."

약사가 카운터 맞은편 의자 아래쪽을 가리켰다. 상자에 그려진 쥐 그림이 보였다.

"전염병에는 아무 소용이 없지만 곧 필요해질 거예요. 쓰레기 때문에 쥐가 엄청나게 늘었으니까요. 저거라도 사 갈래요?"

"기침이 심합니다. 약이 없습니까?"

"뜨거운 물을 많이 마셔요. 지금으로서는 그게 유일한 처방이에요."

"저 약은 얼마입니까?"

쥐약으로 뭘 하려는 생각 같은 건 없었다. 다만 뭐라도 사두고 싶어졌다.

약사가 의아한 표정으로 말했다.

"아주 강력한 약입니다. 함부로 쓰면 안 됩니다."

약사가 검은 봉지에 쥐약을 담았다.

"강도가 아니라고 했으니 돈을 낼 건가요?"

그가 고개를 끄덕이며 주머니를 더듬자 약사가 다시 웃음을 터뜨렸다.

"돈은 됐습니다. 강도가 아니니 선물로 드리지요."

약사가 웃으며 봉지를 건네주었다. 그가 약사에게 고개 숙여 인사했다.

대부분의 상점이 약국에서와 같은 사태가 벌어질까봐 문을 열지 않은 듯했다. 강탈을 하지 않으면 약을 구할 수 없는 상황에 처한 걸까. 약뿐만 아니라 생활필수품을 모두 그런 방식으로 구해야 하는 걸까.

서둘러 숙소로 돌아가려 했지만 길을 찾기 어려웠다. 일정한 시간마다 분사되는 소독약이 건물과 상점을 가려 간판이나 이정표를 확인하려면 시간이 걸렸고 상점이 문을 닫아 불빛을 잃은 골목들은 모두 비슷해 보였다. 길마다 검은 쓰레기봉지가 나뒹굴고 어김없이 쓰레기를 뒤지는 사람이 있는 것도 같았다.

길을 찾다 지친 그는 잠시 골목의 경계석에 걸터앉았

다. 근처는 쓰레기 천지였지만 달리 앉을 곳을 찾기 어려웠다. 매캐한 냄새와 소독약 연기 속에서 누군가 그가 앉아 있는 쪽으로 다가오는 게 보였다. 상반신이 소독약에 가려져 있어도 다리의 느린 움직임은 선명했다. 아무래도 자신에게 오는 듯해서 몸을 일으켰다. 하지만 그 사람을 의식해서 자리를 뜨는 게 아님을 보여주려고 천천히 엉덩이 먼지를 털었다.

키가 크고 몸이 가느다란 사내가 어느새 그의 앞에 와 섰다. 이제 막 다림질한 옷을 꺼내 입은 듯 셔츠가 깨끗하고 바지에 구김이 없었다. 그는 사내의 단정한 차림에 안도하여 숙소 주소를 대며 어느 쪽으로 가야 하는지 물었다. 마스크를 착용한 채 웅얼거려서 사내의 말은 알아듣기 힘들었다. 횡단보도를 건너라는 말과 왼쪽과 오른쪽이라는 방향 지시어를 겨우 알아들었다. 그는 사내에게 고맙다고 인사하고 자리를 떴다.

골목을 벗어나기 위해 걸음을 빨리하는데 그를 부르는 소리가 들렸다. 그는 주저하다가 뒤를 돌아보았고 무엇인가 자신을 향해 재빨리 다가온다는 것을 깨닫자마자 쓰러졌다. 머리통이 불에 덴 듯 뜨거웠다. 간신히 손을 들어 머리를 만져보았다. 손에 끈적거리는 것이 묻어났는데 쓰레기 찌꺼기인지 머리에서 흐르는 피인지 알 수 없었다.

주먹질을 가한 사내는 그가 바닥에 떨어뜨린 검은 비닐봉지를 들여다보고 서 있었다. 봉지 안에 든 물건이 무엇인지도 모르면서 일단 빼앗고 볼 정도로 다급했던 것일까. 만약 그 안에 든 것이 식료품이나 필수 의약품이었다면 그 역시 머리에서 피가 흐르건 말건 사내에게 달려들어야 했을까.

사내는 봉지를 살펴보더니 그대로 쓰레기 더미에 던져버렸다. 자리를 뜨면서 바닥에 쓰러진 그를 돌아보았지만 죄책감에서 그런다기보다는 그가 기력을 차리고 달려들까봐 경계하는 듯했다.

사내가 사라져 보이지 않을 때까지 그는 바닥에 누워 있었다. 몸을 일으킬 수 있었다면 사내에게 배운 대로 머리통을 내리쳤겠지만 그러지 못했다. 통증이 심해져 까무룩 정신을 잃은 탓이었다.

다시 눈을 떴을 때도 소독약이 뿌옇게 시야를 가로막고 있었다. 얼마나 시간이 흐른 것일까. 그는 손을 더듬어 머리에서 피가 나지 않는 걸 확인하고 몸을 일으켰다. 어깨와 등이 몹시 쑤셨다. 새삼스럽게 냄새가 지독하다는 생각이 들었는데 그의 몸에서 나는 냄새인지 쓰레기 냄새인지 구분할 수 없었다.

그는 숙소를 찾아 느긋하게 걸음을 옮겼다. 그에게 이

런 여유를 선사한 사람은 사내였다. 사내에게 얻어맞은 순간 그는 자신이 이제까지와는 완전히 다른 방식으로 문제를 해결하는 세계에 들어섰음을 깨달았다. 도덕과 질서와 교양과 친절이 일상이었던 세계에서 약탈과 기만과 폭력과 쓰레기가 보편적인 세계로 진입한 것이다. 새로운 세계의 생존 방식은 간명했다. 가격하거나 가격당하는 것. 약탈과 폭력이 생계의 방편이라면 아무것도 가지지 않는 게 유일한 자산이었다.

*

몰과 연락할 방법이 없는 건 아니었다. 회사로 전화를 걸면 직통 번호를 알아낼 수 있을 것이다. 이제야 그 생각을 하다니 한심했다. 한순간도 자신이 파견된 처지임을 잊어본 적이 없는데 말이다.

C국에 아는 사람이라고는 몰뿐이었다. 의료보험의 혜택을 받아 병원에서 치료받을 수 있을지 몰과 상의하고 싶었다. 근무가 시작된 이후라면 의료보험 걱정을 하지 않겠지만 당분간 기다리라고 했으니 최소한의 복지마저 유예되는지 궁금했다. 또한 쓰레기 천지인 제4구 말고 다

른 지역으로 숙소를 옮길 수 있는지도 알아보고 싶었다.

질문은 더 많았다. 도대체 거리의 쓰레기는 왜 방치되었는지, 약국과 상점의 갑작스러운 약탈은 무엇 때문인지, 뉴스에서 보도된 사망자들의 사인은 무엇인지, 왜 시민들은 제4구를 피해 피난을 가는 것마냥 도로로 차를 끌고 나오는지, 거리에는 왜 나다니는 사람이 별로 없는지, 사람들은 어쩌자고 하나같이 우스꽝스럽고 불편한 전신 방역복을 입고 있는지, 그런 옷을 입어야 할 정도로 전염병이 확산되었는지 하는 질문이 꼬리를 물었다. 그러나 무엇보다 그에게 무턱대고 휴가를 내준 이유가 궁금했다. 그 모두를 몰에게 물어야 한다는 생각과 어떤 질문을 하건 애처로운 어리광으로 들리리라는 생각이 뒤섞였다.

몰의 전화번호라도 알아두자 싶어서 그는 일단 모국의 회사로 전화를 걸었다. 벨이 울리자마자 누군가 전화를 받았다. 지사장은 벨이 두번이상 울리도록 두는 건 예의가 아니라고 잔소리를 했고 그 말은 언제나 효과가 있었다.

전화를 받은 사람은 어류 선배였다. 난감한 노릇이었으나 누구냐고 묻는 말에 그는 얼른 제 이름을 댔다.

"어쩐 일이신가. 외국에 계신 분이?"

어류 선배가 대뜸 비아냥거렸다.

"여기 난리도 아니에요."

"그렇겠지. 요새는 경제 상황이든 감염병 상황이든 세계적인 추세잖아. 거기나 여기나 마찬가지라는 소리지. 여기도 좋지 않거든. 자네도 잘 알잖아? 우리에게는 늘 까다롭고 신경질적이고 멍청한데 부지런해서 일 만들기 좋아하는 지사장이 있잖아. 지사장이 오늘 아침에 뭐라고 한 줄 알아? 본사 인원 감축 상황을 공유하면서 여기도 대폭적인 구조조정을 할 거래. 대폭이라니, 우리가 몇이나 된다고. 그러고는 사람들 심란한 걸 무시하려는 건지 전염병이 어쩌고저쩌고, 개인위생이 어쩌고저쩌고. 휴, 우리가 일곱살 꼬맹이도 아닌데 손 자주 씻고 기침할 때 침이 튀지 않도록 팔로 가리라는 얘기를 아침 내내 들어야겠어?"

어류 선배가 목소리를 낮춰 말을 이었다.

"그런데 자네 어떻게 지내고 있어? 본사에서는 당분간 나오지 말라고 했다면서?"

"네?"

그는 어류 선배가 그 사실을 알고 있어서 깜짝 놀랐다.

"어제 결재 받으러 갔다가 비서한테 들었어. 자네한테 발송된 메일 말이야. 파견 일자를 명시한 메일, 그 메일 발신자가 누구인지 기억나?"

당연히 기억했다. 몰이었다. 형식적인 짧은 인사말과 함께 근무 개시일과 근무 조건이 간단히 적혀 있었다. 애당초 그의 답은 궁금치 않다는 듯 어류 선배가 말을 이었다.

“비서가 그러는데, 그 메일의 발신자를 찾을 수 없대. 지사장이 본사 담당자와 통화하는 걸 들었대. 담당자 이름이 뭐였지? 흔해빠진 이름이었는데 통 생각이 나질 않네. 하여튼 그 담당자가 자네에게 메일을 보낸 적 없다고 하더래. 본사에서는 전산 장애로 벌어진 일이라고 한대. 보류함의 메일이 일제히 발신되었다고 말이야. 그런 일이 가능한지 모르겠지만 어쨌거나 발송 메일을 책임감 있게 수습하는 중에 자네를 C국에 불러들인 메일이 있는 게 밝혀져서 담당자가 당황해서 전화를 했더래. 지사장이 본사 여기저기 전화를 걸고 있나봐. 어떤 착오가 생긴 건지 알아보고 있대.”

“그렇군요.”

“파견에 뭔가 문제가 생긴 건 아닌가 걱정이 돼서 말이야. 내가 오늘 일 때문에 본사 다른 직원과 통화하면서 느낀 건데, 그 부서도 인원 감축 통보가 와서 정신이 없는 모양이더라고. 우리 보고 괜찮냐고 묻던데? 그런데 자네가 근무할 부서가 어디라고 했지? 그 부서는 구조조정 없는 거지?”

“전염병이 더 급한 것 같던데요.”

그는 화를 참느라 목소리를 짜내듯 대답했다.

“그거야 팬데믹인데 어쩌겠어. 지사장도 말했잖아. 개인위생을 철저히 하라고. 그러는 수밖에 없지, 뭐.”

선배는 더 이기죽거리고 싶었겠지만 그러지 못했다. 그가 전화를 끊어버려서였다. 아직 외신보도가 되지 않았다면, 되었더라도 딱히 C국의 상황에 관심이 없다면 그의 절박한 심정을 알 리 없었다. 어쩌면 그의 사정을 알고 오히려 좋아할지도 몰랐다. 그는 어류 선배의 비아냥거리는 말투를 떠올리며 울적할 때면 그랬듯이 베란다 문을 열었다. 베란다에서 바라본 풍경도 위로가 되지 않기는 마찬가지였다. 간혹 거리에 보이는 사람들은 죄다 방역복 차림이거나 페이스마스크를 착용하고 있었다. 방역복을 입지 않은 사람들은 차림새가 온전치 못했는데 아무래도 부랑자들 같았다. 집 앞 공원만 해도 몇명의 부랑자들이 벤치를 차지하고 누워 있었다.

방역차가 여전히 거리를 순회하며 약품을 살포했다. 그는 소독약 냄새가 집 안으로 들어오도록 내버려뒀다. 감염 경로가 불분명하고 최초의 바이러스가 개의 것인지 돼지의 것인지 박쥐의 것인지 정확지 않고 그것이 인체에 어떤 경로로 전염되었는지도 모르는, 무엇보다 마땅한 치료약이 아직 개발되지 않은 전염병에 노출되고 싶지 않았다. 소독약이 어찌나 독한지 몸이 가려웠다. 이대로 가다가는 전염병에 걸리지 않더라도 소독약 때문에 앓게 될 것 같았다.

잠시 후 소독약 구름 사이로 각을 맞춘 사람들이 줄지어 나타났다. 정복 위에 얇은 방역복을 덧입은 경찰관들이었다. 요란한 사이렌 소리가 울리자 경찰관들이 일제히 흩어져 아파트를 에워쌌다.

경찰 무리에게 쫓기는 사람이 이 아파트에 사는 모양이었다. 저 정도 인원이 동원된 걸 보면 험악한 범죄자임에 틀림없었다. 이내 관리인의 안내방송이 들려왔다. 그는 여러번 되풀이되는 안내방송을 들으며 알아듣지 못한 단어의 말소리를 적어두었다. 사전을 찾아보니 격리라는 뜻이었다. 그의 예상과 다르게 아파트에 감염자가 발생하여 집단감염의 우려가 있으므로 주민들의 출입을 통제할 예정이며 입주민의 검역 검사가 완료될 때까지 아파트를 격리하겠다는 내용이었다.

4

벽에 설치된 스피커에서 개인위생에 만전을 기해달라는 당부의 말이 시보처럼 들려왔다. 거리에서 들려오는 앰뷸런스 소리도 나날이 요란해졌다.

다행히 식사는 일정한 시각에 배급되었다. 주민 간 접촉을 최소화하기 위해 경찰관이 각 세대 현관 앞에 도시락을 내려두었다. 매번 메뉴가 같다는 건 마음에 들지 않았지만 그럭저럭 먹을 만했다.

모든 세대에 도시락 배급이 끝나면 요란한 소리로 비상벨이 울렸다. 처음 식사가 지급되었을 때 별다른 공지를 하지 않았더니 늦게 현관문을 연 몇세대가 하루치 식사를 고스란히 도둑맞는 일이 벌어졌다. 밥도둑 잡자고 누가 감염자인지도 모르는데 무턱대고 가택 수색을 할 수 없는 노릇이었다. 경찰은 임시방편으로 화재경보 시 사용하는 비상벨을 생각해냈다.

벨이 울릴 때마다 아파트를 뛰쳐나가고 싶은 충동을 느꼈다. 어디에서도 연기가 치솟거나 타는 냄새가 나지 않았지만 그래서 더 위협적으로 느껴졌다. 그저 식사를 하는 일조차 심각한 비상 상황으로 여겨졌기 때문이다. 그 소리는 그가 낯선 도시의 아파트에 격리되었음을, 근처에 감염자가 득실거리고 있음을 끊임없이 상기시켰다.

그는 이웃의 문이 열렸다가 닫히는 소리를 확인한 후에 문을 열었다. 그 순간은 짧았기 때문에 주의하지 않으면 놓치기 십상이었다. 가까이에서 더는 문소리가 들리지 않으면 그는 재빨리 문을 열고 바닥에 놓인 도시락 봉지를 끌어왔다. 이웃과 마주치고 싶은 생각은 없었다. 그들은 이웃이 아니었다. 트렁크를 훔쳐간 도둑이고 보는 사람이 없다면 배급된 도시락을 훔쳐가는 파렴치한이었다.

어느 날 도시락 봉지를 가지러 문을 열었다가 개 짖는 소리를 들었다. 그 소리에 그는 까맣게 잊고 있던 것을 떠올렸다. 그는 당황하여 문을 연 채로 얼마간 그 소리를 더 들었다. 개를 모국의 제집에 그대로 두고 왔다는 생각이 이제야 났다. 개는 집에 갇힌 채 먹지도 못하고 끙끙거리고 있을 터였다. 이웃 사람은 개 짖는 소리를 참지 못하고 계속 그의 집 문을 두드렸을 것이다. 진작부터 시끄럽다고 자주 투덜댔고 엘리베이터에서 만날 때마다 인상을 쓰며 성대 수술을 권했다.

그는 심한 자책에 빠졌다. 며칠이 지나도록 개를 까맣게 잊고 있었다니, 자신이 실로 개만도 못하게 느껴졌다. 개 이외에도 자신이 책임감 있게 돌보지 못한 존재들이 떠오르면서 언젠가 이런 순간이 올 줄 알았다는 자괴감에 빠졌다.

사실 그는 개를 좋아하지 않았다. 전처와 헤어진 후 줄곧 돌봐왔지만 짐작할 수 없는 이유로 느닷없이 짖어대는 게 부담스러웠다. 그럴 때마다 개가 귀신을 본다는 말이 생각났다. 세탁소에서 갓 찾아온 양복 상의에 어느 틈에 개털이 달라붙는 것도, 아침에 출근하려고 거울을 보고 있으면 다리에 몸을 비비며 끙끙대는 것도 별로였다. 퇴근해 돌아오면 화장실에서 개의 오물부터 치워야 하는 것이나 피곤한 날에도 개를 데리고 산책을 나가야 하는 것도 내키지 않았다. 몇번이나 전처에게 보내고 싶었지만 일부러 그렇게 하지 않았다. 개는 전처가 가장 아끼는 생명체였기 때문이다.

개를 좋아하지 않는다는 생각과 달리 함께 지내는 동안 그는 개에게 많이 위로를 받았다. 개는 모든 걸 다 아는 눈빛을 보내줬고 그가 피곤해하면 슬그머니 곁에 다가와 엎드려 체온을 나눠줬고 그가 등을 쓰다듬으면 기분

좋은 신음소리를 냈다. 산책을 데리고 나갈 때마다 좋아서 뛰었는데 자신을 이토록 기다리는 존재가 있다는 것에 피곤이 가셨다. 간혹 끈을 길게 늘였다가 줄이며 개와 속도를 맞춰 서둘거나 느리게 걸어야 했는데, 그럴 때면 만약 아내와 함께할 때 이렇게 보폭을 맞출 수 있었다면 어땠을까 싶기도 했다.

그가 개를 맡겠다고 우긴 이유는 전처 때문이었다. 순전히 전처가 개를 데리고 가는 꼴을 보고 싶지 않아서 자신이 키우겠다고 고집을 부렸다.

이혼도 하기 전에 먼저 집을 나간 전처는 종종 전화를 걸어와 개를 데려가겠다고 했다. 물론 그는 거절했다.

"왜 자꾸 고집을 부리는 거야? 애당초 내가 데리고 온 개잖아."

"그런 게 어딨어. 같이 키웠는데."

"같이 키웠다고?"

그는 뜨끔했으나 기죽지 않고 대답했다.

"나도 할 만큼 했어."

"그게 얼마큼인지 당신이 잘 알아야 할 텐데."

전처와 그는 시간을 두고 몇번이나 같은 내용의 대화를 나누었다. 그가 이만하면 됐다 싶어서 개를 데려다줘야지 생각했을 무렵에는 전처가 개를 돌보기 힘든 사정이 생겼다며 얼마간 기다려달라고 했다.

알고 보니 그 무렵 전처는 그의 친구인 유진과 열애에 빠진 뒤였다. 유진은 알러지가 심했다. 개와 함께 있으면 콧물이 흐르고 재채기와 피부 발진에 시달렸다. 그가 개를 안 데려간다면 차라리 내다버리겠다고 말했을 때도 전처는 별 반응을 보이지 않았다. 그가 그렇게 하지 않으리라는 걸 잘 알아서였다. 전처는 두번째 결혼에 최선을 다하려는 나머지 이혼한 그에게 어떤 배려도 하지 않았다. 그가 계속해서 개 문제로 아내에게 시비를 건 이유는 전적으로 서운해서였다. 이혼한 지 몇해가 지나도록 그는 아내를 잊지 못했다.

개를 도와줄 사람으로 당연히 가장 먼저 전처가 떠올랐다. 비밀번호를 알려주면 전처는 그의 아파트에 들어가 며칠간 굶주린 개를 구조할 것이다. 만약 전처가 직접 돌보기 어렵다면 애견센터의 장기숙소에 맡기면 될 일이었다. 그러니까 전처와 연락만 닿는다면 개는 괜찮을 것이다. 그렇게 생각하면서도 그는 서둘러 전화를 걸지 못했다. 출국하는 날 아침 개가 내다보지 않았다는 사실이 불현듯 떠올라서였다. 신발을 신으려고 현관에 서 있으면 개는 그를 올려다보며 다리에 몸을 비볐고 처음에 귀찮아했던 것과 달리 그는 곧 그 특별한 인사를 좋아하게 되었다.

그날따라 개는 왜 나와보지도 않은 걸까.

*

짐은 출국 날 아침에야 꾸렸다. 며칠 전부터 준비를 해두었다면 좋았겠지만 워낙 갑작스럽게 근무 개시를 통보받은 탓에 업무를 인수인계하느라 날마다 잔업을 해야 했다. 미처 개를 맡기지 못한 것도 그 때문이었다.

출국 전날은 송별회에 참석했다. 학교 동기모임이었는데, 정기모임일에 송별회라는 이름이 갑자기 붙었다. 고사해야 마땅했지만 회장 녀석이 잠깐 와서 얼굴만 비추고 가라고 사정했다. 회장을 맡고 처음 모이는 자리라 세를 과시하고 싶으려니 해서 저녁만 먹고 자리를 뜰 요량으로 참석했다. 근무 기간은 최소 삼년으로 정해졌으나 업무 성과에 따라 기한이 연장될 수 있다고 했다. 파견에 대해서는 모든 것이 미정이었다. 그로서는 삼년 이상을 타국에서 보낸다고 해서 달라지는 것은 없었으므로 기간의 불확실성은 아무런 문제가 되지 않았고 오히려 오래 C국에 머문다면 좋겠다고 생각해왔다.

맥주를 두어잔 마시고 막 일어서려는데 유진이 들어섰다. 그는 다시 자리에 주저앉았다. 그가 굳이 모임에 나간 이유는 유진 때문이었다. 유진은 떠들썩하게 인사를 주고받은 후 그가 있는 자리는 쳐다보지도 않고 입구 쪽에 앉았다. 옆자리의 소요가 그를 툭 치며 소리 죽여 말했다.

"들었어? 유진 이혼 소식?"

그는 깜작 놀랐다. 유진이 이혼을 했다면 그의 전처 역시 또다시 이혼을 했다는 얘기였다. 전처는 두번째 이혼에 대해 그에게 한마디도 하지 않았다. 유진과 전처는 결혼한 지 채 2년도 되지 않았다.

유진은 피곤한지 건성으로 대화에 참여하고 있었다. 그가 곁눈질로 살펴본 바에 의하면 유진이 적극적으로 말대답을 하거나 여럿의 대화에 자진해서 끼어드는 기색은 없었다. 자신을 향한 질문에나 겨우 대답을 이어나갔고 어쩔 수 없이 나온 사람마냥 줄곧 무표정하게 앉아 있었다.

이혼 소식을 전해준 소요에 따르면 유진은 이미 다른 여자를 만나고 있다고 했다. 그로서는 결혼과 이혼과 또 한번의 연애가 그렇게 빨리 진척되는 것이 기이했다. 한때 그는 유진에게 원망을 느끼고 심한 질투에 시달렸지만 지금은 유진의 실패에 연민이 느껴질 정도였다.

술을 마시는 속도가 빨라지면서 누군가 자리를 옮기고

누군가는 일찍 자리를 뜨고 누군가 술에 취해 구석에 되는대로 누우면서 그는 유진 옆으로 옮겨 앉았다. 유진은 옆에 앉은 그를 힐끔 쳐다보는 게 전부였다. 아예 모르는 척하고 싶어하는 마음을 숨기지 않았다. 그는 아랑곳하지 않고 연애를 하지 않으면 몸이 닳느냐고 끈덕지게 빈정거렸다. 유진은 처음에는 못 들은 척했고 잠시 후 자리를 피했지만 다시 그가 옆자리로 가서 앉자 한마디도 하고 싶지 않다고 단호히 말했다.

"나도 물론 한마디도 하고 싶지 않아."

그가 유진의 말을 따라했다. 유진이 굳은 표정으로 그를 노려보았다. 그는 동기들이 안주를 집는 척하며 진작부터 나란히 앉은 두 사람을 힐끔거리는 사실을 알고 있었다. 그들의 호기심과 관심이 아니라면 아예 유진을 잡아둘 수 없다는 것도 알았다.

"그 여자는 굉장히 매력적인가보네?"

테이블 끝에 앉은 녀석이 외국어를 말하듯 중얼거렸다. 술에 취해서라기보다 술에 취한 척 보이려고 그런 말투를 썼다. 그는 입을 다물었으나 유진은 그 녀석을 대뜸 쏘아보고 말했다.

"입 닥쳐."

"그게 아니면 헤픈 건가? 헤프지 않고서야 두번이나……"

녀석은 말을 끝맺지 못했다. 유진이 자리에서 일어나 머리통을 내리쳤기 때문이었다. 그는 처음으로 유진을 응원했다. 유진과 마찬가지로 그 역시 그런 농담을 이해하지 못한 지 오래되었다. 얻어맞은 녀석은 얼뜬 표정을 지었으나 만회하는 게 낫겠다 싶었는지 자리에서 일어섰다. 가만히 참는다면 자신이 유진에게 대단히 미안한 말을 했다고 인정하는 꼴이라 생각한 건지도 몰랐다.

순간 분위기가 얼어붙었으나 모두들 술자리에서 벌어지는 밑도 끝도 없는 싸움을 바라지 않았으므로 얻어맞은 녀석을 책망했다. 녀석은 얼얼한 머리통을 감싸 안고 동기들에게 붙들린 채 호프집을 나갔다. 분위기를 무마하려고 했는지 회장이 벌떡 일어나 이혼이 대수냐고 소리쳤다. 두 남자가 동시에 한 여자를 사랑하는 일이나 그 반대의 경우가 비일비재하게 일어나는 판국에 순서에 입각한 한 여자의 사랑을 비난할 수 있느냐고 항변했다.

그 말에 그는 물론이고 유진도 기분이 무척 상했다. 전처를 헤픈 여자라고 함부로 빈정대는 것보다 더 심한 모욕으로 느껴졌다. 그와 유진을 한 여자에게 놀아난 바보라고 비아냥거리는 듯했다. 더구나 명백히 말하자면 '순서에 입각'했다는 회장의 표현은 잘못되었다. 전처는 그와 결혼생활을 유지하는 동안, 거의 결혼이 파탄에 이른

시점이기는 했으나 유진을 만나온 게 틀림없었다. 유진과 결혼해서 사는 동안에는 때때로 그를 만나왔다.

그는 당장 회장에게 달려가 주먹을 날렸다. 유진은 아예 회장의 몸을 덮쳤다. 회장은 그의 주먹을 피했지만 몸을 날리는 유진과 함께 얽혀 쓰러지면서 바닥으로 넘어졌다. 소요가 놀라서 그들을 일으키려고 하다가 유진의 넥타이를 움켜잡았다. 유진이 숨이 막힌지 캑캑거리며 회장을 쳤다. 다른 녀석들이 회장을 유진으로부터 떼어놓으려다 여럿이 엉겨 붙었다.

회장의 얼굴에 피가 흘렀다. 코가 터졌는지 머리가 터졌는지 입술이 터졌는지 그 모두가 한꺼번에 터졌는지 알 수 없었다. 비록 먼저 주먹을 날리긴 했지만 그는 피를 닦아주려고 회장에게 손을 내밀었다. 회장이 그의 손을 신경질적으로 뿌리쳤다.

"네가 더 나쁜 새끼야. 두 새끼가 똑같으니 그런 일을 당하지."

그가 뭐라고 대꾸하려는데 유진이 그를 툭 치며 밖으로 나가자고 했다. 그는 잠자코 유진과 함께 술집을 나섰다.

전처는 자유분방해 보였다. 피아노 학원을 운영했지만 수업을 일찍 끝내고 친구를 만나 자정 넘어까지 놀다가 들어왔으며 사전에 통보하는 일 없이 그에게 직전에 문

자메시지로 알리고 친구 집에서 자고 왔다. 그로서는 이름만 아는 게 전부인 체스 동호회 사람들과 며칠씩 어울려 여행을 떠나기도 했다. 그가 어쩌다 일찍 퇴근해 쉬고 있을 때면 집으로 학부모의 항의전화가 걸려오기도 했다. 학원 문은 닫혀 있고 선생과는 통화가 되지 않는다는 내용이었다. 그는 화가 난 학부모에게 자신은 이 집에 세 들어 사는 사람이라고 둘러댔다. 그의 집안에 꼭 참석해야 하는 행사가 있을 때도 전처는 내키지 않거나 기분이 상하면 가지 않겠다고 말해 혼자 본가에 가서 아내가 오지 않은 이유를 변명하느라 애를 먹었다.

그는 아내의 잦은 외출과 음주, 외박과 여행, 가사 방임을 묵인했다. 단지 큰소리로 화를 내기 싫어서였는데 아내는 그가 이해한 걸로 착각하는 듯했다. 종종 그에게 뜬금없이 미안한 표정으로 고맙다고 할 때가 있었다. 그럴 때마다 그는 자신이 아내를 조금도 이해하지 못하고 간혹 심한 혐오감을 느끼기도 한다는 걸 인정해야만 했다. 그저 남들에게 대범하고 속 깊은 남편으로 보이고 싶어서, 아내의 경제력이 주는 혜택에서 벗어나기 아쉬워서 자신이 납득할 수 없는 행동을 묵인하는 중이었다. 그는 내심 구태의연하고 보수적인 근거로 아내가 어울려 노는 친구들을 저속하고 천박하다고 몰아붙였으며 심각할 정도로 아내의 부정을 의심했다.

아내가 외출하고 없는 사이 아내의 방을 뒤지기도 했다. 책상서랍을 열어 수첩에 적힌 메모를 일일이 살펴보았고 거기에 나오는 이름을 죄다 외워두었다. 아내가 남긴 사소한 메모의 내용을 애써 궁리했고, 어느 날은 별 뜻 없이 옮겨 적었을 게 분명한 문장을 내내 곱씹었다. '나는 나 자신에 대한 대가로/스스로를 고스란히 내놓아야 하며,/인생에 대한 대가로 인생을 바쳐야 한다'*는 시구였는데, 그 문장을 아내가 자신의 부정한 태도를 은폐하려는 증거로 해석해서 의기양양하게 굴었다. 한편으로는 아내의 외도를 목격한 듯 가슴을 움켜쥐며 고통스러워했다.

그는 도대체 인생에 대한 대가로 인생을 바쳐야 한다는 게 무슨 뜻인지 이해할 수 없었다. 그저 이 말은 앞으로 좀더 열심히 살겠다는 각오를 담은 말에 불과하다고 폄하했다. 그러면 아내는 유치할 정도로 감상적이지만 부정하지는 않은 사람이 되어 그에게 안도감을 주었다.

먼저 이혼하자고 한 사람은 아내였다. 그가 술에 취해 늦게 들어온 아내를 강간했다. 그 일이 그와 아내 사이를

* 비스와바 쉼보르스카 「공짜는 없다」(『끝과 시작』, 최성은 옮김, 문학과지성사 2007) 부분.

돌이킬 수 없게 만들었다. 술에 취하기는 했지만 판단력이 있던 아내는 그에게 단호히 거부 의사를 밝혔다. 그는 못 들은 척했고 비겁하게 완력을 사용했다. 아내는 용서할 수 없다고 했다. 그러고는 곧장 옷장에서 가방을 꺼냈다.

짐을 꾸리는 아내의 등은 뼈가 도드라질 정도로 말라 있었다. 그는 상황에 맞지 않게 완만하게 굽은 아내의 등뼈를 쓰다듬고 싶은 욕구를 느꼈고 헛되이 허공에 손을 뻗었다. 그제야 돌이킬 수 없는 일을 저질렀다는 후회가 들었다. 아내의 얼굴을 마주할 자신이 없었다.

집을 나가 도대체 어디로 가려는 것일까. 가방에 챙기지 못한 짐을 가지러 다시 올까. 그에게 사과할 시간을 주고자 짐을 꾸리는 척하는 게 아닐까. 화를 내기는 했지만 비교적 차분한 태도로 보아 아내는 언젠가 이런 일이 일어나리라 예상한 것은 아닐까 싶기도 했다. 그럴 경우 강간을 빌미로 그를 유책배우자로 만들어 이혼하려고 벼른 걸까 의심했다. 그는 자신이 감당할 수 없던 아내의 정서적 심리적 자유가, 특히 성적 자유가 지나치거나 지나칠지도 모른다고 확신했다. 그렇게 생각할 만한 근거라고는 아내의 잦은 외출과 늦은 귀가뿐이었지만 말이다.

질문이 많았으나 아내는 아무 대답도 하지 않을 것이고 그렇다고 사과하고 싶지는 않아서 입을 다물었다. 억지로 말을 참고 있음에도 그는 참는 사람은 자신이 아니라 아내라는 걸 알았다. 차분한 숨을 내쉬며 조금씩 오르락내리락하는 아내의 등을 바라보자니 정말로 아내와 멀어지고 있다는 실감이 났다.

며칠 후 아내가 보내온 서류의 모든 항목에 동의한다는 의미로 인감도장을 찍었다. 아내를 향한 의심과 아내의 침묵, 이해했다는 오해와 실제로 얼마간 이해했으나 대개는 오해한 마음들은 서류 어디에도 담기지 않았지만 도장에 묻은 인주를 닦을 때는 될 대로 되라는 식으로 냉담해져 있었다. 이혼에 따른 본격적인 법적 절차는 그와 아내의 시간을 빼앗으며 형식적이고 간명하게 진행되었다.

그 자신을 위해서나 아내를 위해서 이쯤에서 그만두는 게 나았다. 지금 그만두기에 망정이지 만약 아내의 부정을 확신하게 되면 무슨 짓을 저지를지 몰랐다. 그는 전문의와의 상담에도 불구하고 아내를 향한 의심이 자신을 사로잡았음을 인정하기 힘들었다. 심부름센터의 도움을 받아 증거를 확보해두고 싶었다. 자신이 괜한 의심에 시달린 게 아님을 증명하려면 아내는 반드시 부정해야 했다. 자신의 미혹으로 결혼이 파탄 나고 사랑하는 사람이 오랫동안 고통스러웠음을 받아들이고 싶지 않았다. 자신이 모든 관계를 망쳤음을 인정할 수 없었다. 그를 고통스럽게 한 사람은 부정한 아내이지 그 자신은 아니었다.

이혼은 애써 숨기지 않아서인지 자연스럽게 알려졌다. 사람들의 호기심 앞에서 침묵하면 오히려 상상을 부추기게 될까봐 그는 전처에게 단 한번도 갓 지은 밥을 얻어먹지 못했다고 얘기했다.

"밥이요?"

여자 직원들이 의아하게 되물었다.

"정말 밥 때문이라고요?"

남자 직원들은 대번에 전처가 그를 사랑하지 않았다고 받아들였다.

그는 요리에 관심도 소질도 없는 아내가 할 때마다 맛이 다른 찌개를 자주 끓여주었고 조리 과정이 복잡하지 않은 음식을 정성껏 만들어주었음을 기억하고 있었다. 그가 집에서 자주 식사를 했더라면 아내 역시 더 많은 시간을 들여 요리를 시도했을 것이다. 한때 아내는 그의 건강을 고려해 우유와 마를 갈아주거나 홍삼을 달여주었고 잔기침을 하면 도라지청을 내주었다. 그런 음식을 먹기 싫다고 실랑이를 하는 동안 그는 아내와 가족이라는 것을 확신했다. 이렇게 서로의 건강을 제일 염려하며 함께 나이 들어간다면 더할 나위 없이 행복할 듯했다.

그는 아내의 살림하는 태도나 서툰 요리법에 불만을

가진 적이 없었다. 그나 아내나 좋아하지도 않는 요리를 위해 시간을 들이는 일은 번거로웠고 살림 외에도 관심을 둘 게 많다고 생각해왔다. 아내에게는 학원 운영과 선생 관리, 피아노 교습으로 짬이 많지 않다는 것도 잘 알았다.

밥 때문이라는 말은 그저 핑계였다. 아내 탓을 한 것도 모자라 스스로 권위적이고 가부장적임을 드러낸 말 같아서 아내를 강간했던 때보다 더 부끄러워졌다. 실제로 여자 직원들은 그를 비난하려고 밥 얘기를 꺼냈는데, 당연하다는 생각이 들어 감수했다.

그럼에도 그 사실만을 구실로 삼은 이유는 그 역시 어떻게 이 지경이 되었는지 알 수 없어서였다. 아내와의 사이에 나쁜 일이 다 일어났지만 그가 내막을 아는 일은 하나도 없었다.

그가 고작 깨달은 것은 멀고도 낯선 두 존재가 친밀한 관계가 되는 과정도 그렇지만 그 관계가 끝나는 데 명확한 이유를 설명할 수 없다는 사실이었다. 언젠가 과학책에서 은하는 멀리 떨어져 있을수록 더 멀어지며 더 멀어질수록 빨리 멀어진다고 읽었다. 인간관계 역시 마찬가지인 모양이었다. 일단 멀어졌다는 것 말고 다른 이유를 찾을 수 없는 관계가 있었다. 말하자면 아내와 멀어져온 나날이 아내와 멀어진 유일한 원인이었다.

홀로 우두커니 거실에 있는 밤이면 참을 수 없이 아내가 그리웠다. 사이가 나빠지기 전만 해도, 정확히는 그가 아내를 의심하기 전만 해도 두 사람은 가장 좋은 친구였다. 서로에게 사소하고도 쓸데없는 이야기를 죄다 털어놓았다. 경비의 실수로 사무실에 숫돌을 파는 잡상인이 들어왔다는 얘기도 아내와만 할 수 있었다.

"요즘 같은 때도 잡상인이 있어?"

"그렇더라니까."

"경비는 뭐 하고? 출입 시스템을 어떻게 통과했지?"

"그게 요새 자주 말썽이야. 등록된 카드를 갖다 대도 바가 안 열릴 때가 있어."

"알고 보면 시스템은 다 고장이고 어디든 무단으로 통과할 수 있는 것 아닐까."

그는 얼마 전 아내가 토마토를 자르다가 칼이 안 든다고 투덜댄 게 떠올라 숫돌을 사려 했다. (아내가 '어머, 정말 필요했는데' 하고 대꾸했다.) 하지만 어류 선배가 당장 관리실에 전화 걸라고 호통 치는 바람에 사지 못했고 경비들이 잡상인을 사무실에서 데리고 나갈 때도 지켜보기만 했다고 부끄럽게 고백했다.

그러니까 두 사람의 인생과 하등 상관이 없고 그 말을 한다고 해서 무엇도 바뀌지 않으며 말을 하지 않더라도 아무것도 달라지지 않을 말들, 사소하고도 불필요해서 남들에게 바보처럼 들리는 얘기를 끊임없이 나누며 웃었고 같이 화냈고 일상을 나눠 가졌다.

그와 아내는 부끄럽거나 그립거나 되돌리고 싶거나 돌이키고 싶지 않은 지난 일을 여러번 되풀이하여 이야기하면서 서로 닿아 있지 않던 시절의 목격자가 되어주었다. 사소하고 하찮아서 곧 사라질 시간을 기꺼이 함께 기억해주었다.

남들에게 선불리 말하기 어려운 각오나 희망에 대해서, 실행 의지에 대해서, 맥없이 꺾인 시도에 대해서도 자주 이야기를 나눴다. 그럴 때는 과하지 않게 격려했고 소박히 위로했으며 가볍게 농담을 건넸다. 더는 아무도 자신의 말을 들어줄 리 없고 자신에게 그런 얘기를 털어놓을 사람도 없다는 걸 깨닫고 그는 몹시 외로워졌다.

이혼 후 몇해 지나지 않아 아내가 유진과 재혼한다는 소식을 들었다. 많이 놀랐고 서운하고 슬펐다. 이제 더는 함께 잡담으로 시간을 보내거나 맥락도 없이 불쑥 떠오르는 옛 얘기를 할 수 없겠구나 싶었다. 그것은 그가 가장 그리워하는 시간 중 하나였다. 그런 순간은 지나가버렸다. 완전히 잃었다는 생각 때문에 눈물이 날 것 같았지만 그 말을 전해준 친구가 그를 물끄러미 쳐다보고 있어서 꾹 참았다.

한편으로 하필 유진과 결혼할 정도로 전처의 안목이 형편없다는 사실에 실망했다. 하긴 그와 결혼한 것부터 전처가 연민과 동정을 연애의 주요 동력으로 삼았음을 말해주는 증거이기는 했다. 그는 유진을 좋아하지 않았다. 유진은 말이 많았다. 수다스러운 사람답게 자신의 일을 과장하고 떠벌리기 좋아했다. 윗사람에게 이야기할 때나 이해관계가 얽힌 사람에게는 다정하고 친절한 말투를 썼지만 자신에게 불리한 경우나 불필요한 사람이라 판단되면 냉담하고 직설적으로 굴었다. 언제나 인맥을 과시하는 말로 대화를 시작했으며 자신의 영향력을 과장했고 이력이나 자산을 부풀려서 떠벌려댔다. 그는 매번 유진의 말을 꼬집고 논리적으로 캐물었다가 농담도 할 줄 모르고 쓸데없이 진지하며 융통성 없다는 빈축을 샀다.

유진의 어떤 부분에 매력을 느낀 걸까. 확실히 그와 다른 면모가 있기는 했다. 그의 우유부단하고 내성적이며 소극적인 태도에 질려 있었다면 유진에게 끌릴 만도 했다. 그와 달리 유진은 단정 짓기를 좋아했고 언제나 남 앞에 나섰으며 다른 사람에게 영향력 미치기를 주저하지 않았다.

그가 생각하기에 전처는 자유분방해 보이는 성격과 달

리 자신감이 없고 소심한 사람에 가까웠다. 다른 사람의 평가와 판단에 의존하는 사람답게 남에게 그다지 속내를 비치지 않았다. 아무리 오래 알고 지낸 사이라 하더라도 자신에게 호의적이지 않다 싶으면 입을 닫아버렸고 즉시 방어적으로 응대하여 자존심을 지키려 들었다가 후회하는 일을 만들었다.

그러므로 아내의 마음을 열게 하려면 천천히 이야기를 나누고 끊임없이 관심을 갖고 친밀한 사이가 되기를 재촉하지 않아야 했다. 유진에게 그 정도로 진득한 참을성이 있는지 의문이었다. 유진이 전처에게 왜 이렇게 말이 없느냐거나 혹은 냉소적으로 대꾸하느냐고 투덜대는 모습이 그려졌지만 두 사람의 불화를 바라는 그의 상상에 가까웠다.

전처는 쉴 새 없이 떠드는 유진의 말을 들으면서 자신이 그를 잘 안다고 생각했는지도 모른다. 안다는 느낌을 사랑으로 착각하고 또 한번의 결혼을 결행했을 수도 있다. 전처는 호감을 보이는 사람에게 마음을 여는 편이어서 유진의 적극적인 태도를 사랑이라고 착각했을 것이다. 확대해석과 섣부른 판단으로 시작한 사랑이 오래 유지될 리 없었다. 그와의 관계 역시 그렇게 시작되고 끝났다.

*

유진과 단둘이 술을 마시는 건 처음이었다. 아직 짐도 꾸리지 않았으나 취해서 돌아가는 편이 낫겠다 싶었다. 기분을 가라앉히자니 그 방법밖에 없었다.

평소보다 많이 마셨는데도 어쩐지 쉽게 취하지 않았다. 술을 마실수록 전처의 얼굴이 또렷이 떠올랐다. 기분 좋은 일은 아니었다. 유진을 마주하고 전처의 얼굴을 떠올리다니.

유진에게 왜 이혼했는지는 묻지 않았다. 그가 다른 사람에게 전처를 매도한 것처럼 유진도 핑계를 댈 테니까. 아내의 낭비벽 때문이라거나 늦은 귀가나 외박 때문이라고 하면 그는 코웃음을 칠 것이다. 두 사람의 관계가 허물어진 과정을 얘기한다고 해도 듣고 싶지 않았다. 그러려면 그들이 어떻게 만났는지, 어떤 점이 같고 다른지 되짚어야 할 텐데 그로서는 내키지 않는 화제였다.

하지만 조금씩 술이 오르자 마음이 살짝 누그러들면서 두 사람 사이에 여러 질문과 대답이 오갔다. 유진과 나눈 대부분의 말이 명확히 기억나지 않았으나 그와 결혼생활이 유지되는 동안 전처가 자신과 만나온 사실을 아느냐는 유진의 질문은 또렷이 기억났다. 질문이라기보다는 통보로 받아들였다.

그간 아내의 불륜을 의심했음에도 자신이 그로 인해 상처를 받았으며 아직도 그렇다는 걸 유진에게 들키고 싶지 않았다. 그는 아내의 상대가 너인 줄 몰랐다고 아무렇지 않은 듯 대답했다. 만약 결혼생활이 유지되는 중이었다면 당장 아내를 다그쳤을 것이다. 화를 내고 소리를 지르다가 분을 참지 못해 주먹질을 하거나 더한 짓을 했을지도 몰랐다. 이혼한 후라고 해도 여전히 화가 났다. 유진에게 그런 모습을 보이고 싶지 않아서 연신 술잔을 비웠다.

유진은 굳은 얼굴로 자신은 더는 참고 싶지 않아서 이혼했다고 대꾸했다. 그는 유진의 생각이 잘못되었음을 알려주고 싶었으나 그의 눈길이 하도 서슬 퍼래서 입을 다물었다.

무거운 침묵 속에서 전처를 생각했다. 참을 수 없이 보고 싶었다. 버림받고 배신당한 사람은 유진과 자신인데도 몹시 그리워졌다. 하필이면 이런 남자들만 만나다니 전처가 몹시 안됐다는 생각이 들었다. 애처로웠다. 그럼에도 불구하고 어떤 통증도 느껴지지 않아서 아내를 향한 연민이 과장되었음을 깨달았다. 그가 진심으로 애달파하는 것은 전처가 아니라 그녀로 인해 외로워진 자신이었다.

한편으로 결혼생활 내내 의심받던 아내의 외로움이 얼마나 깊었을지에 생각이 미쳤다. 그렇다고 전처를 이해할 수는 없었지만 사랑 대신 의심만 퍼부은 전처에게 돌연 미안한 마음이 들었다. 그런 나머지 취중에 평소와 다른 행동을 했을지도 몰랐다. 전화를 걸어 무턱대고 사과하거나 만나자고 우기거나 자신의 집으로 오라고 사정하는 일 말이다.

만취 때의 일이 대체로 그렇듯 다음 날 아침에는 아무것도 기억하지 못할 정도의 숙취와 후회, 자멸감만 남았다. 물론 그것뿐만은 아니었다. 간밤에 유진과 싸움이라도 벌였나 싶을 정도로 심한 근육통과 오래도록 지워지지 않는 푸른 멍도 남아 있었다.

*

전처는 어디에 머물고 있을까. 만약 거처가 마땅치 않다면 비어 있는 자신의 집에 머물러도 좋을 것이다. 최소 삼년 길면 오년이 될지도 모르니 전처에게도 충분한 기간이었다.

그는 어쩌면 이혼을 직장 때문에 별도의 공간을 사용

하는 주말부부쯤으로 여겼는지도 몰랐다. 간혹 모임에서 유진을 볼 때면 심한 질투를 느꼈지만 사이좋은 누이를 난봉꾼 매제에게 빼앗긴 오빠의 심정에 가까웠다. 여전히 전처를 가족으로 여기는 셈이었다. 그의 가족애가 그리 대단하지 않다는 게 문제였지만.

전처의 바뀐 전화번호를 알려면 유진을 통하는 수밖에 없었다. 유진의 번호 역시 모르지만 재직 중인 회사를 알고 있었다. 같은 여자와 차례로 결혼하고 이혼했다는 것 말고 그가 아는 유진의 신상은 그 정도였다.

일단 유진이 다니는 회사의 대표번호를 확인했다. 해당 부서의 내선번호를 누르라는 녹음된 메시지에 인사과 번호를 눌렀다. 근무 부서를 모르니 도움을 받을 수 있을까 해서였다. 인사과로 연결된 후에도 세부 담당을 안내하는 녹음된 소리가 길게 이어졌다. 그는 직원과의 연결을 고대하며 아무 번호나 눌렀다. 두번쯤 벨이 울리고 누군가 전화를 받았다. 그가 유진의 이름을 대며 근무 부서를 알고 싶다고 하자 인사과 직원은 그런 일이 비일비재하다는 듯 목소리를 퉁명스럽게 바꾸었다.

“저희는 직원 정보를 안내해드리지 않습니다.”

그는 정중하게 사과하며 C국에 체류 중인 사정을 털어놓았다.

"지금 C국에 계시다고요?"

인사과 직원이 놀란 소리로 되물었다. C국에 있다는 사실이 어느 정도 효과가 있는 듯했다.

"거긴 어때요?"

인사과 직원이 물었다.

"어떻냐니요?"

그는 뭐라고 대답해야 할지 몰라 공연히 베란다 창밖을 보았다.

"날씨는 화창합니다."

"아, 날씨는 화창하군요."

그가 곧이어 감염 상황이 심각하고 거리는 쓰레기 천지이며 집단감염에 대한 우려로 아파트에 격리 중이라고 동정을 사려 했으나 인사과 직원이 찾는 사람의 이름을 물어왔다. 그는 반갑게 유진의 이름을 댔다. 직원이 사내에 같은 이름을 가진 근무자가 세명이라고 해서 이번에는 출생연도를 알려주었다. 세명의 유진 중 두명이 같은 해에 태어났다. 출신 대학을 말하고서야 그가 원하는 유진을 찾을 수 있었다.

"해당 직원의 전화번호를 알려드릴 수는 없습니다. 개인정보를 알려드렸다가 항의를 받기도 해서요."

한결 부드러워진 투로 인사과 직원이 말했다.

"유진이 화를 내지는 않을 겁니다."

"잘 아시겠지만 오랜만에 닿은 연락일수록 반갑지 않기도 하니까요. 찾는 분께 번호를 알려드리고 전화드리라 전하겠습니다."

그는 하마터면 그렇게 하라고 대답할 뻔하다가 자기 번호를 모른다는 사실을 떠올리고 다시 전화하겠으니 유진에게 허락을 받아달라고 부탁했다.

오후에 인사과 직원과의 통화로 유진의 번호를 알아냈지만 회의 중인지 전화를 받지 않았다. 그는 음성사서함으로 연결되도록 기다린 후 차분한 어조로 전처의 전화번호를 알고 싶다는 메시지를 남겼다. 그러다가 충동적으로 말을 바꿨다.

"아니, 전화번호는 필요 없어. 그냥 네게 부탁할게. 우리 집에 가서 개를 좀 도와줘. 그리고…… 바깥에 아무 데나 버려줘."

마지막 말을 하려고 조금 시간을 끌었다. 대꾸 없는 기계에 저 혼자 메시지를 녹음하자니 곡진한 마음으로 부탁의 말을 남겨두고 싶지 않아졌다. 개를 그대로 두고 온 사실이 떠오른 다음부터 어떤 일도 손에 잡히지 않을 정도로 불안하고 걱정이 되었음에도 말이다.

충동적인 생각이었으나 그 말을 하면서 그는 자신에게

개를 위하는 마음이 조금도 없음을 깨달았다. 또한 전처와 다시 시작하고 싶은 마음이 없다는 것도 알게 되었다. 더는 혼란을 겪고 싶지 않았다. 전처와 유진의 이혼 소식을 듣고 마음이 뜻밖의 기대로 잠시 들뜨기도 했지만 호락호락 마음에 굴복하고 싶지 않았다.

유진이 부탁을 들어줄 리 없다. 코웃음 치며 그의 말을 묵살하거나 어이없어하며 전처에게 그 말을 전할 것이다. 그러면 전처는 개를 버리라고 했다는 사실에 분노하며 그를 미워하겠지만 개를 돌봐주기는 할 것이다. 이로써 그는 개에 대한 자신의 의무가 완전히 끝났다고 여겼다. 이제는 C국에 창궐하는 전염병으로부터, 비위생적인 거리의 쓰레기 더미로부터, 감염자가 들끓는 아파트로부터 자신을 보호하는 일만 남았다. 태평하고 온전한 도시에서 몇끼 굶은 개 한마리가, 전처가 아무리 애착을 가진 짐승이라고 한들, 그가 오랫동안 돌봐왔다고 한들 뭐가 중요하단 말인가.

5

전화는 이틀 뒤에야 걸려왔다. 그동안은 C국에 입국한 후 가장 평화로운 시간이었다. 홀로 남은 개가 자주 생각났고 그럴 때면 죄책감이 들었고 양이 적고 식단이 단조로운 식사 때문에 허기가 졌고 몰에게서 전화가 걸려오지 않아 초조했으며 파견근무에 문제가 생긴 것 같다는 어류 선배의 말이 떠올라 종종 불안했지만, 나중에 돌이켜보니 걱정과 불안에 몰두할 수 있는 태평한 시간이었다.

전화벨이 울렸을 때 몰의 전화려니 해서 무척 반가웠다. 그는 몰에게 감기약을 구하지 못해 애를 먹고 있는 것과 아파트의 격리, 하루 빨리 근무를 시작했으면 한다는 의사를 전하고 싶었다. 갈수록 지독해지는 쓰레기 냄새와 배급 식사에 의존하는 고생에 대해서도 말하고 싶었다. 그 사실을 안다면 몰은 이 시기에 그를 본사로 부른 당사자로서 책임감을 느낄 것이다.

전화를 받자마자 익숙한 모국어가 들려왔다. 유진이었다. 기다리던 몰이 아니었지만 그래도 반가웠다. 유진에게 개를 부탁한 일이 내내 마음에 걸렸었다.

"네 목소리를 들으니 살 것 같아."

유난스럽게 반긴 것이 멋쩍어서 목소리를 살짝 낮췄다.

"나 때문에 살 것 같다고? 그럼 너는 나를 한번 더 죽인 셈이야."

"도대체 무슨 말이야. 그건 그렇고 여기 번호는 어떻게 알았어?"

"네가 나한테 전화를 걸었잖아. 휴대전화에 번호가 찍혀 있었어. 무슨 조합의 번호인지 모르겠어서 몇번이나 전화를 걸어봤어. 내내 전화통을 붙들고 있다가 겨우 네가 C국에 있다는 걸 떠올렸어. 우리는 그 정도로 소원한 사이야. 알고 있지?"

"그걸 알고 있으니 더 고맙지. 네가 시간을 낭비해줘서 다행이야. 그런데 내 메시지는 들었지? 개는 어떻게 했어?"

"네 말대로 갖다버릴 생각이었어. 개를 돌볼 생각은 없었으니까. 너는 다르게 생각하는지도 모르지만 우리가 그런 부탁을 주고받을 사이는 아니야. 그것도 알고 있지?"

"그래도 특별한 사이이긴 하잖아."

"네 메시지를 듣고 엄청나게 화가 났어. 개를 돌봐달라는 것도 아니고 버리라니……"

"미안해."

그는 풀이 죽어 대답했다.

"그래도 네 집에 갔어. 너 대신 개라도 패주려고 했어."

"작은 개야. 팰 데가 어디 있다고."

"팰 데가 없지만 그럴 필요도 없었어."

"그렇지? 막상 보면 예쁜 녀석이야."

"유감스럽게 그것도 아니야."

"개를 보기는 했어? 그새 도망이라도 갔나?"

"도망간 것도 아니야."

"하고 싶은 말이 뭐야?"

"너한테 시간을 주는 거야. 내게 뭔가 설명을 해야 하잖아."

"설명이라니, 개를 부탁한 이유를 말해달라고?"

"네가 이렇게 발뺌할 줄은 몰랐어."

"그저 불쌍한 개를 부탁한 거야."

"일부러 그러는 거야?"

"뭣 때문에 따지는지 말해줘야지."

"네 집에 가보고서야 네가 왜 그런 부탁을 했는지 알게 됐어. 하필이면 왜 나였는지 말이야."

"네게 개를 부탁한 게 그 정도로 화나고 번거로운 일이었다면 정말 미안해. 처음부터 그럴 생각은 아니었어. 그냥 전처 전화번호나 물어보려 했어. 안 믿을지도 모르지만 지금 내게는 누구의 연락처도 없어. 핸드폰을 잃어버리면서 그렇게 됐어."

"번호를 알았다면 전처한테 보여주려고 했다는 거네? 그게 나든 전처든, 어쨌든 네가 보여주려고 한 걸 봤어."

"개 때문이라면 사과할 테니 이제 전처 전화번호나 알려줘."

"죽어 있었어."

유진이 침울하게 말했다.

"뭐라고?"

"죽었어."

"그게 무슨 소리야."

"그게 다야."

"잠이 든 걸 잘못 본 거지?"

"아니야."

"혹시 네가 그렇게 한 거야?"

유진은 잠자코 있었다. 아무 소리도 나지 않다가 희미하게 울음소리가 들려왔다.

"내가 없는 동안 아무거나 주워 먹었나봐. 원래 배가 고프면 못 참는 녀석인데, 미리 못 챙겼어. 되는대로 먹어대다가 탈이 난 거야."

"그랬을 수도 있지. 하지만 그것 때문에 죽은 게 아니야. 칼에 찔린 것 같았어."

울음을 참느라 유진의 목소리가 심하게 떨렸다. 방금 전처럼 차갑고 쌀쌀맞게 대꾸했다면 그는 화를 내고 말았을 것이다. 재미없고 잔인한 농담이라고 독한 말을 퍼부어댔을 것이다.

"개 말고 또 있었어."

"뭐가."

"그것도 모른다는 거야?"

"무슨 말이 더 하고 싶어?"

"손에 힘을 주는 게 좋을 거야. 수화기를 꽉 잡으라고."

말은 그렇게 했지만 유진은 그가 진심으로 놀라기를 바란다는 듯 뜸을 들였다. 어려운 말인지 유진이 숨을 가다듬었다. 그러느라 유진의 두려움은 잦아들었을지 몰라도 그는 아니었다. 유진이 말을 삼키고 있는 동안 그는 자기 집에서 죽은 게 무엇일지 생각하느라 공포에 사로잡혔다.

"전처. 처음엔 너와 결혼했고 그다음에 나와 결혼했던 그 여자 말이야."

그는 피식 웃었다. 전처를 끌어들이다니 치졸했다.

"넌 모르겠지만 난 지금 어떤 농담도 받아주지 못할 만큼 기력을 잃은 상태야. 전처 얘기를 더 했다가는 욕을 듣게 될 거야."

"칼에 찔렸어. 그건 경찰한테 들은 얘기야. 나는 자세히 못 봤어. 그냥 옷에 피가 잔뜩 묻은 것만 봤어."

유진이 입을 다물었다고 생각했으나 잠시 후 수화기를 통해 숨죽인 울음소리가 들려왔다. 힘없이 가느다랗게 흐느끼는 소리였다.

그 소리는 그에게도 통증을 안겨주었다. 가슴이 옥죄어왔다. 유진의 말이 농담이 아니라는 것은 알 수 있었다. 누구도 그런 말로 농담하지 않는다.

"네가 설명해주리라 생각했어."

유진이 울며 말했다. 그는 유진이 왜 그렇게 말하는지 곧 깨달았고 그러자 사지가 떨어져 나가는 듯했다.

그는 단 한번도 전처가 죽었으면 하고 생각한 적이 없었다. 그러니 당연히 죽이고 싶다고 여긴 적도 없었다. 밉거나 싫어서 눈에 띄지 않았으면 하고 생각한 적은 있지만 물리적인 거리감을 원한 것이지 생물학적인 소멸을 바란 게 아니었다.

"오늘도 경찰서에 다녀왔어."

"경찰서에?"

그의 목소리가 떨렸다.

"내가 신고했어. 그러지 않을 수 없잖아. 무서웠어."

"지금 네 생각이 더 무서워."

"네 음성메시지를 경찰에게 들려줬어. 내가 네 집을 방문한 이유는 그걸로 설명이 됐어. 전처가 거기서 죽었고 너는 C국으로 가버렸어. 경찰은 분명 연관 관계가 있다고 생각할 거야."

"그럴 리 없잖아."

"거긴 네 집이야."

"출국 전날 우리는 술을 마셨어. 새벽에 들어가서 되는 대로 짐을 챙겨서 몇시간 뒤 비행기를 탄 게 전부라고."

"이 문제로 나는 계속 경찰 조사를 받고 있어. 앞으로도 더 받게 되겠지. 너도 마찬가지고."

"전처가 왜 거기서 죽어 있는지 모르지만 그건 경찰이 알아낼 거야. 당연하잖아. CCTV가 있을 텐데. 아내의 사망 시간이나 일자만 추정해봐도 나와는 무관하다는 게 밝혀지겠지."

그렇게 말하고 그는 한숨을 내쉬었다. 이런 얘기를 나눠야 한다는 게 더없이 서글펴졌다.

"그래, 경찰이 알아내겠지."

유진이 애매하게 대꾸하고는 전화를 끊었다.

*

아내가 죽었다. 아내가 죽었다.

그는 같은 말을 되풀이했다. 되뇔수록 차분해졌다. 유진은 비열한 방식으로 그에게 상처를 주고자 했다. 그가 전처와 동침한 걸 알고 고통을 줄 방법을 궁리한 게 틀림없었다.

베란다 문을 열자 쓰레기와 소독약이 어우러진 냄새가 밀려들었다. 급작스러운 냄새에 반응하듯 구역질이 나왔다. 구역질 끝에 그는 울음을 터뜨렸다. 몸의 중심부로부터 눈물이 밀려 나왔다.

전처의 죽음을 실감해서 슬픈 것은 아니었다. 그가 아직 어린아이였을 때 어머니가 돌아가셨는데, 그때 검은 영정사진 앞에서 느낀 것과 유사한 감정이었다.

그는 돌아가신 어머니를 보지 못했다. 아버지는 소년인 그가 어머니의 죽은 모습을 보는 것을 원치 않았다. 어머니는 심각한 교통사고로 몸이 상할 대로 상해 있었다. 소년이라고는 해도 죽는다는 게 무엇인지 알고 있었으나 '엄마'가 죽는다는 건 무엇인지 정확히 모르던 때였다.

그가 슬픈 건 아버지 때문이었다. 아버지는 영안실에서 계절에 맞지 않는 두꺼운 검은 양복을 입고 땀을 뻘뻘 흘리고 앉아 있었다. 그는 양복 입은 아버지를 자꾸 힐끔거렸다. 가구 도매업을 하는 아버지는 늘 점퍼에 면바지를 입었고 결혼식이나 친지 장례식에 갈 때가 아니고는 양복을 거의 입지 않았다.

소매가 꽉 끼고 단추가 간신히 잠긴 양복은 시간이 지날수록 점점 종이처럼 구겨졌다. 사람들이 어머니의 영정 앞에 설 때마다 무릎을 구부려 절하느라 구겨졌고 혼자 있을 때면 허리를 구부리고 돌덩이처럼 앉아 있느라 구겨졌다. 조문객에게 절을 하려고 엎드리면 소매가 터질 것 같이 팽팽해지더니 둘째 날 오후에 기어이 겨드랑이 부근이 터져서 흰 와이셔츠가 비죽 튀어나왔다. 누구도 거기에 신경 쓰거나 웃음을 터뜨릴 겨를이 없을 만큼 슬픔으로 꽉 차 있었다. 소년인 그는 튀어나온 와이셔츠를 계속 쳐다봤다. 죽은 어머니는 웃기는 말을 잘하는 사람이었고 자주 그를 웃게 했는데, 어머니가 남기고 간 마지막 농담 같았다.

한밤이 되어 접객실에는 사람이 거의 없어졌다. 잠에 빠져 있던 그는 숨죽인 울음소리에 눈을 떴다. 아버지가 영정 앞에 홀로 앉아 울고 있었다. 아버지의 등이 자그마했다. 어두운 접객실에서 그 모습을 지켜보던 그도 처음으로 울음을 터뜨렸다. 땀이 맺히는 민머리에 터진 양복을 입고 초라하게 등을 들썩이는 아버지의 모습이 너무 슬퍼서였다.

장례를 치르고 한달쯤 지나 방치된 집을 정리하기 위

해 아버지가 청소해주는 아주머니를 불렀다. 냉장고를 정리하던 아주머니가 인상을 쓰며 반찬그릇들을 식탁에 하나씩 올려놓았다. 어머니가 해서 넣어둔 반찬들이었다. 뚜껑을 열자 곰팡이가 피거나 잔뜩 물러 쉰내를 풍기는 나물들이 모습을 드러냈다. 그는 아주머니가 개수대에 쏟아버리려는 반찬을 낚아챘다. 건새우볶음이었다. 그가 가장 싫어하는 반찬이었다. 먹을 때마다 새우껍질이 잇새에 끼여서였다. 그는 질색하는 아주머니를 노려보며 곰팡이 핀 건새우볶음을 꾸역꾸역 씹어 삼켰다.

며칠간 심한 배앓이를 했다. 돌봐줄 사람 없이 혼자서 복통을 앓고 엉덩이가 해질 정도로 설사를 하고 나서야 그는 비로소 어머니의 죽음을 체감했다. 곰팡이 피고 흐물흐물해진 건새우가 구역질 나는 냄새를 풍기며 식도를 타고 내려가듯 몸과 마음에 통증이 퍼졌다.

전처의 죽음도 마찬가지일 것이다. 전처 때문에 온몸에 통증을 느낀 후에, 하고 싶은 말과 해야 할 말이 쌓여 체기를 느낀 후에, 누구와도 대화를 나누지 못해 혀가 굳을 정도로 고통스러워야 실감이 날 것이다. 그러니 이 슬픔은 전처의 죽음 때문이 아니었다. 낯선 이국에서 거의 남이나 다름없는 친구 녀석에게 세상에서 가장 사랑했던 존재의 죽음을 일방적으로 통보받아야 하는 비현실적인 상황에서 비롯된 당혹감이었다.

다른 어느 때보다 전처와 이야기를 나누고 싶어졌다. 슬픔과 상실감이 아닌 당혹스러운 감정에 대해 터놓고 이야기할 사람은 전처뿐이었다. 하지만 그의 이야기를 들어줄 전처는 없고, 이야기를 듣고 그의 머리를 가만히 쓰다듬어줄 전처도 없었다. 그는 전처가 죽었다는 사실을 자꾸 되뇌었다. 죽음을 믿을 수 없다 하더라도 지금 그의 곁에 전처가 없는 건 분명했다. 그러니 어떤 말도 나눌 수 없으리라.

전처와 이혼하기 전 잠시 한눈을 판 적 있었다. 여자는 상냥했고 잘 웃었고 그를 좋아해주었다. 그는 한동안 자신이 정말로 그 여자를 사랑하는지 생각하느라, 한편으로는 여자가 자신을 사랑하는지 헤아리느라 남몰래 고통스러웠다. 어느 날은 사랑하는 것 같았으나 어느 날은 사랑이라기에는 허술하게 느껴졌다. 갈팡질팡하는 마음인 채로 몇번인가 여자를 만났다.

그 여자를 떠올리면 마음이 쓰라렸다. 법적 혼인 관계에 있으면서 다른 여자와 잠자리를 가진 죄책감이나 가책 때문이 아니었다. 아내에게 드는 미안한 마음도 아니었다. 사랑에 대한 확신이 없으면서 함께 시간을 보낸 여자에게 미안해서도 아니었다. 스스로 알 수 없는 어리둥절한 기분에 대해 아내와 터놓고 얘기할 수 없는 데서 오는 외로움 때문이었다. 내키지 않은 비밀을 품게 된 외로움 말이다.

그는 마음의 파동에 대해, 여자를 볼 때마다 이는 설렘에 대해, 여자가 자신을 떠날지 모른다는 불안에 대해, 사랑받고 싶은 조바심에 대해, 마음을 온전히 내비치지 않아 사소한 말로 여자의 속내를 짐작해야 하는 고뇌에 대해, 그 모두에도 불구하고 여자로부터 도망치고 싶은 자신의 비열함에 대해 누구보다도 아내와 상의하고 싶었다. 아내라면 이야기를 다 들어준 후 여자가 그를 사랑하는지 어떤지, 그는 여자를 사랑하는지 아닌지, 그 사랑이 결국에는 그를 얼마나 힘들게 할지에 대해서 분명히 일러줄 것 같았다. 그러나 바로 그 이유로 누구보다도 아내에게만큼은 여자에 대해 입을 다물어야 했다.

지금도 그때와 마찬가지로 고독했다. 전처의 죽음에 대해, 자신과 무관한 세계로 가버린 서운함에 대해, 이제야말로 홀로 남겨진 듯한 외로움에 대해 다른 누구도 아닌 전처와 이야기를 나누고 싶어진 탓이었다. 그러나 누구보다 그 죽음에 대해 얘기하고 싶어할 사람은 다름 아닌 전처일 것이다. 죽음을 감지한 순간 얼마나 두려웠는지, 칼날이 몸을 휘저을 때—그 상상을 하며 그는 비로소 눈물을 흘리기 시작했다—얼마나 아팠는지, 그렇게 칼에 찔린 후에도 아직 숨이 남았음을 알았을 때 얼마나 고통스러웠는지, 남은 숨을 마저 뱉으며 있는 힘을 다해 살인자를 지켜보았을 때 얼마나 두려웠는지 얘기하고 싶을 것이다. 그가 전처에게 자신의 외로움을 털어놓지 못해 괴로웠던 만큼 전처 역시 자신의 죽음을 얘기할 수 없어 외로웠을 것이다.

아내의 죽음을 체감하지 못했으나 눈물이 흘렀다. 설혹 전처의 시신이 눈앞에 있다고 해도 마찬가지였을 것이다. 그래도 그는 더이상 소년이 아니므로 죽음에 대한 실감과는 별개로 전처의 죽음이 사실임을 받아들였고 전처의 고통을 상상하며 괴로웠다. 다시는 그녀를 만날 수 없고 어떠한 이야기도 주고받을 수 없으며 사랑은 물론이고 미움조차 나눌 수 없으리라. 그는 말할 수 없는 비밀을 간직한 외로움에 대해, 서로가 알아도 될 법한 것만 털어놓으면서 생겨난 깊은 고독에 대해 이야기할 기회를 영영 잃었다.

*

그는 사용하지 않고 아껴둔 노트북을 꺼냈다. 배터리는 한시간 남짓 쓸 수 있게 남아 있었다. 접속이 불안정해서 인터넷에 연결하려면 한참 기다려야 했다. 간신히 접속에 성공해도 감도가 나빠 자주 연결이 끊겼다.

시간을 들여 C국 관련 기사를 검색했다. 전염병이 빠른 속도로 확산되고 있다는 소식 말고는 별다른 뉴스가 없었다. 방치된 쓰레기와 약탈, 격리 상황은 C국 전체의 이슈가 아니라 그가 머무는 제4구에 한정된 문제여서 보도가 활발하지 않은 것일 수도 있었다.

전처에 관한 소식은 국내 거의 모든 신문에 크게 보도되었다. 전처의 이니셜과 나이가 표기되어 있었다. 죽기에는 터무니없이 이른 나이였다. 수차례 칼에 찔린 것으로 보아 원한에 의한 살인으로 추정된다는 기사 때문에 그는 심장이 터질 듯한 고통을 느꼈다.

유진의 말대로 그는 유력한 용의자로 지목받고 있었다. 전처의 시신이 그의 집에서 발견되었다는 점이 가장 크게 영향을 미쳤으며 사건 직후 그가 해외로 도피했다—도피라니, 억측이었지만—는 점이 의혹을 부추겼다. 그의 아파트 음식물 쓰레기통에서 칼이 발견되었는데, 그의 집에 남아 있는 다른 칼과 같은 브랜드 제품이고 칼날에 전처의 혈흔이 남아 있다는 점도 증거로 제시되었다. 칼자루에서는 어떤 지문도 발견되지 않아 증거 인멸 시도가 있었다는 정황도 보도되어 있었다.

바보가 아닌 이상 범행에 사용한 칼을 집 근처에 버리는 사람이 있을까 의심해볼 텐데, 경찰은 바로 그 이유로 그를 용의자로 쉽게 지목했다. 대개 초동수사에서 지목한 용의자를 범인으로 몰기 마련이어서 그를 찾느라 혈안이 된 나머지 다른 가능성은 염두에 두지 않은 듯했다. 경찰 중에는 어떻게 해서든 최초 용의자를 범인으로 확정짓는 부류가 있기 마련이었다.

그는 이제 거의 통증이 느껴지지 않는 멍 자국을 불길한 마음으로 바라보았다. 손바닥과 팔뚝의 멍은 경찰의 추측대로 전처의 죽음과 관련이 있을지도 몰랐다. 하지만 그럴 리가 있는가. 출국 전에 전처를 만난 적도 없었다. 아무리 술에 취한 밤의 일이라 해도 그런 사건을 기억하지 못할 리 없었다. 그런 일은 절대 잊을 수 없는 법이다.

그는 문득 가르쳐주지 않았는데도 유진이 자신의 집을 제대로 찾아간 사실을 떠올렸다. 유진이 그의 집을 물어볼 사람이라고는 전처뿐이지만 이미 그녀가 죽은 뒤였는데도 말이다. 한번도 그의 집에 가본 적 없는 유진이 그에게 묻지도 않고 그가 알려주지도 않았는데 어떻게 집을 찾아갔는지, 경찰은 왜 조사하지 않을까.

그가 술에 취해 기억을 잃은 밤, 비교적 제정신이던 유진이 그를 부축해 집까지 데려다주었다면, 그리고 다음날 그가 출국한 사실을 알면서 전처를 그의 집으로 불렀다면, 전처에게 자신이 겪은 실패가 모두 그녀 때문이라고 비난을 퍼부었다면, 그래서 언쟁이 시작되고 끝내 비밀을 폭로하고 그 비밀이 가져온 모멸감 때문에 유진이 심하게 분노했다면.

전처의 혈흔이 묻은 칼이 아파트 음식물 쓰레기통에서 발견되었다는 것도 이상하기는 마찬가지였다. 그는 악취 때문에 음식물 쓰레기장에 가지 않았다. 집에서 가급적 음식물 쓰레기를 만들지 않았고 어쩔 수 없이 쓰레기가 생기면 봉지에 담아 냉동실에 넣어두었다. 그러니 부주의하게 혹은 의도적으로 칼을 버렸다면 그를 용의자로 몰고 싶어한 유진의 짓이리라.

아침에 급하게 짐을 꾸리는 동안 아내의 시신을 마주했다면 제정신으로 출국하지 못했을 것이다. 전처가 그의 집에서 죽었다고 해도 그가 출국한 후의 일이 분명했다.

유진이라면 필시 누군가를 죽일 수도 있다는 생각과

유진이라도 그럴 수 없다는 생각이 뒤섞였다. 유진은 성격이 급하고 화가 나면 잘 참지 않고 자주 폭언을 퍼붓고 단지 화를 풀기 위해서 종종 주먹을 쥐고 그렇게 쥔 주먹을 누군가를 겨냥해 날리기도 했다. 학창 시절 그 역시 유진이 얽힌 싸움에 휘말렸다가 맞은 적도 있었다.

그와 전처가 이혼 후에도 잠자리를 가졌다는 사실을 유진이 알게 된다면 참기 힘들었을 것이다. 친구와 아내에게 동시에 능멸당하는 일은 흔해빠진 일이기는 해도 자기 일로 상상하기는 어려운 법이니까.

그래도 사람을 죽이는 일은 화가 난다고 주먹을 날리거나 유리창을 부수거나 의자를 던지거나 폭언을 퍼붓는 것과는 다른 종류였다. 화를 참지 못하고 폭행을 일삼는다고 해서 누구나 사람을 죽이진 않는다. 유진이 아무리 쉽게 격분하는 타입이라고 해도 사람을 잔인하게 찌를 것이라 단정할 수 없었다.

볼품없는 추리를 마친 후 그는 배급받은 빵을 천천히 씹었다. 빵은 달았다. 이런 상황에서도 배가 고프고 빵이 달게 느껴지는 미각이 못마땅했다. 그럼에도 빵을 오래 씹어 조금씩 삼켰다. 그것이 지금 할 수 있는 유일한 일이었다.

그러다 문득 빵 봉지를 움켜쥐었고 힘을 준 감각이 낯

설지 않다는 걸 깨달았다. 언젠가 손바닥에 멍이 생길 정도로 뭔가를 꽉 쥔 적이 있었던 듯했다. 그는 집 안을 돌아다니며 자신이 쥐었을 법한 것들을 짐작해보았다. 두꺼운 볼펜이나 둘둘 만 노트, 부드러운 가죽 필통과 나무젓가락 같은 것을 닥치는 대로 손에 쥐어보았다. 싱크대 수납장에 든 칼을 꺼내어 손잡이를 쥐었다가 당황하여 도로 내려놓았다.

칼을 쥔 느낌이 익숙하다고 해서, 플라스틱 자루를 쥔 감각을 기억한다고 해서 그가 전처를 가해했을 리 없었다. 칼은 대체로 비슷하게 생겼으므로 일단 쥐면 익숙한 느낌을 주기 마련이다. 그러나 진위와 상관없이 칼을 쥐었다 놓는 순간, 낯설고도 익숙한 떨림이 자신을 관통하는 순간, 그는 칼날만큼이나 차갑고 칼자루만큼이나 단단한 세계가 자신을 죄어오는 것을 느꼈다.

그때 난데없이 초인종 소리가 들렸다. 처음 듣는 소리인 탓에 몇번을 더 듣고 나서야 자기 집에서 울리는 소리인 줄 알아차렸다. 단순 방문객일 수 있지만 그럴 만한 사람이 없으므로 그는 신중히 굴었다. 발걸음 소리를 내지 않으면서 천천히 문 쪽으로 다가가 어안렌즈를 살폈다. 방역복을 입은 세명의 남자가 문을 가로막듯 둥글게 서 있었다.

그가 망설이는 사이 다시 한번 초인종이 울렸다. 그는 목소리가 새어나갈까봐 입을 틀어막았다. 그들은 검역 절차를 위해 방문한 질병관리부서 사람들일 것이다. 아파트 격리 첫날 채혈과 비말 검사를 실시했다. 검사 결과가 나오려면 시간이 걸린다고 했는데 생각보다 일찍 결과가 나왔을 수도 있었다. 공항의 공중위생의인지도 몰랐다. 그들은 추후 결과에 따라 자택을 방문할 수도 있으니 체류지를 이탈하지 말라고 경고했었다.

하지만 모두 아닐 수도 있었다. 살인사건의 유력한 용의자를 체포하러 온 형사는 아닐까. 전처의 죽음과 연루된 용의자로 특정되었다면 그의 거주지가 금세 파악되었을 테니까.

“누구세요?”

그는 조심스럽게 모국의 말로 물었다. 현관 잠금쇠가 걸려 있으니 그들이 당장 들어오지는 못할 것이다.

한 사람이 비교적 명료하게 그의 이름을 댔다. 그의 이름은 이름자에 모두 받침이 있어 외국인이 발음하기 어려웠다. 방금 그의 질문을 알아듣고 정확히 이름을 말한 사람은 그의 모국에서 왔을 터였다. 본사 사람일 수도 있지만 본사에 그의 모국어를 능숙하게 하는 사람은 없고 용무가 있더라도 자택 방문보다는 전화 통화를 선호했을 것이다. 검진 결과를 통보하기 위해서거나 검역 절차에 보완할 점이 있어서 방문했다면 아마도 C국 사람일 테니 그의 이름을 쉽게 발음하지 못했을 것이다.

문을 열라고 재촉하듯 그들이 현관문을 두드리기 시작했다. 또다시 분명한 발음으로 그의 이름을 크게 불렀다. 형사와 함께 모국으로 가게 된다면 그는 무고를 밝힐 기회도 얻지 못하고 살인범이라는 낙인이 찍힐 것이다. 불충분한 근거로 용의자가 되기는 했지만 그럴 만한 잘못을 저지르지 않았다. 그러나 지금 그것은 부차적인 문제였다. 무엇보다 중요한 사실은 자신이 유력 용의자라는 점이었다. 무고하면 무죄를 인정받으리라는 생각은 미숙한 발상이었다.

그는 현관문 대신 베란다 문을 열었다. 방역차가 막 지나갔는지 소독약이 피어올랐다. 검게 내려앉은 하늘에 까마귀 몇마리가 날고 있었다. 격리 초기 아파트를 포위했던 경찰들은 보이지 않았다. 여전히 바닥에 쌓인 쓰레기 더미가 그를 안전하게 받아줄 것이다. 뭐가 있는지도 모른 채 맹목적으로 뛰어내리는 것보다는 처지가 나았다. 그 순간은 아주 짧았기 때문에 깊이 생각하고 내린 결론이 아니었다. 그저 지금 잡혀서는 안 된다는 본능적인 두려움이 저지른 행동이었다. 그러나 그는 그 선택을 자신이 범인이 아니라는 것 이상으로 믿었다. 당시에는 미처 몰랐지만 그는 두고두고 그 순간을 떠올렸다. 스스로를 쓰레기로 처박은 사람은 결국 자기 자신이었다.

낯선 남자들이 문을 열기 위해 구멍에 뭔가를 밀어 넣는 소리가 들렸다. 관리인에게서 마스터키를 받았을 것이다. 현관 잠금쇠가 잠시 막아주겠지만 그들은 곧 그것도 제거할 것이다.

잠시 후 문이 활짝 열렸다. 그는 눈을 꾹 감고 베란다 난간을 넘어 쓰레기 더미로 투신했다.

제2부

1

회사에서 그는 약품 연구원으로 근무했다. 약제 연구나 상품 개발 업무를 하는 것은 아니었다. C국 본사에서 개발된 약품을 국내 기준에 맞게 안정성 실험을 했다.

독성 강한 약을 주입당한 실험용 쥐는 심장 발작을 일으키거나 중추신경에 손상을 입고 배와 팔다리를 늘어뜨린 채 죽었다. 최초로 이런 유의 약품이 개발되었을 때와 비교하면 원리는 변함없지만 독성이 점차 강해지고 반응 속도가 단축되었다. 그럼에도 쥐는 박멸되지 않았다.

쥐를 잡기 위한 인간의 노력은 실패의 역사라고 말할 수 있다. 쥐를 잡으려 더 자극이 강한 독성물질을 사용하려다가는 쥐약을 살포할 때마다 무시무시한 방독면을 쓰고 두꺼운 방역복을 입어야 할 것이다. 그런 일이 계속되면 결국 쥐를 잡으려다 사람을 잡는 일이 생기고 만다. 전문가들이 다양한 아이디어를 내놓았으나 쥐를 박멸하려고 하면 할수록 오히려 인간에게 해를 끼치기 쉽다는 교훈만 얻었다. 초기에는 광견병 바이러스를 쥐들에게 뿌리자는 제안이나 고의로 페스트를 퍼뜨리자는 의견이 나오기도 했다. 쥐를 잡는 효과야 있겠지만 쥐보다 사람이 많이 죽을 것이다.

과거에는 현장에서 직접 방역작업을 하는 담당자를 소탕 전문가라고 불렀다. 소탕이라는 말이 한때 방역업계에서 널리 사용되기도 했으나 지금은 누구도 그 말을 쓰지 않는다. 의뢰인들의 기대감을 지나치게 높이기 때문이다. 그 말은 사람들에게 쥐나 바퀴벌레, 진드기나 벼룩 같은 것들을 완전히 없앨 수 있으리라는 희망을 갖게 한다.

다른 모든 유해 동물과 마찬가지로 쥐는 결코 소탕할 수 없다. 코끼리를 죽일 만큼 강한 독성의 약을 쓴다고 해도, 근처를 지나가기만 하면 자석처럼 쥐를 잡아끄는 덫을 쓴다고 해도 박멸은 어렵다.

쥐가 무슨 일로 시간을 쓰는지 알면 소탕이 왜 불가능한지 금세 이해할 것이다. 쥐는 무리를 재생산하는 일에 일생을 바친다. 그것이 쥐가 하는 유일한 생산적인 일이다. 쥐는 먹을 때, 갉을 때, 땅을 팔 때를 제외하고 대개 교미를 하며 지낸다. 수컷 쥐와 암컷 쥐는 하루에 스무번 정도 교미를 하는데, 특히 수컷 쥐는 능력이 닿는 만큼 상대를 바꿔가며 교미를 한다. 암컷 쥐의 임신 기간은 21일이고 한번에 여덟에서 열마리의 새끼를 낳는다.

쥐의 놀라운 번식력에 대해서라면 믿을 수 없는 얘깃거리가 많이 떠돈다. 일테면 한번 새끼를 낳은 암컷은 교미를 하지 않더라도 계속 새끼를 낳을 수 있다는 얘기 같은 것이다. 믿을 수 없지만 사실이다. 쥐는 그런 동물이다. 그러니 쥐는 어떤 곳이라도 자신의 영토로 개척할 수 있다. 개척은 암컷 한마리만으로 가능하다.

소탕이라는 말이 폐기된 후 여러 명칭을 거쳐 지금은 대부분의 업계에서 방역 전문가라는 호칭을 사용한다. 방역방제 작업이란 유해 동물의 일부만 선택적으로 잡는 것이 아니라 쥐를 포함한 거의 모든 유해 동물을 일시에 잡는 방식으로 진행되므로 '쥐 전문가'라는 세분화된 호칭을 사용하기는 어렵다.

작명에는 외뢰인의 입장이 고려된다. '방역 전문가'라는 호칭은 의뢰인에게 전문가가 일을 맡았다는 만족감을 주지만 '쥐 전문가'라는 호칭은 비위생적인 작업 환경을 떠올리게 하므로 불쾌감을 주기 십상이다. '방역 전문가'라는 호칭이 소독이 잘된 개수대를 연상시킨다면 '쥐 전문가'라는 호칭은 하수도나 시궁창을 떠오르게 한다.

아파트 형태의 일반 가정에서 행하는 방제 작업을 제

외하면 가장 문제가 되는 유해 동물은 역시 쥐이다. 회사 로고에 쥐 그림을 사용한 것만 봐도 알 수 있다. 로고는 금연 마크를 참고해 만들어졌다. 대각선이 그어진 붉은색 원 안에 연기 나는 담배 대신 이빨을 드러낸 사악한 표정의 검은 쥐가 그려져 있다. 누가 봐도 쥐 박멸을 수행하는 회사라는 걸 알아차릴 만한 로고이다. 작업 초기에는 볼품없는 연장을 이용해 쥐를 잡는 일이 태반이었다. 끝이 뭉툭한 막대기나 닿기만 하면 철커덕 내려와 닫히는 큰 덫을 이용했다. 일을 하기 위해서 지하실이나 먼지가 잔뜩 쌓인 다락방, 온갖 물건이 쓰러질 듯 어지러운 창고 같이 아무도 들어가고 싶어하지 않는 곳만 골라서 기어들어가던 시절의 일이다. 지금은 전문가라고 해서 직접 밤거리로 나가 무턱대고 쥐를 기다리지 않는다. 지하실이나 다락방, 창고로 들어갈 이유도 없다. 피리 부는 법을 연습하지 않아도 된다. 피리로 쥐떼를 유인해 강물에 빠져죽게 하는 일은 동화에서나 가능하다.

외국에서는 오래전부터 전문성을 인정받아 쥐 소탕 전문가가 별도의 직업으로 분류되어왔다. 직업이 세분화될 만큼 도시에 쥐가 많은지 의심쩍어하는 사람이 있지만 쥐는 어디든 사람들이 상상하는 것보다 많다. 사는 곳에서 한번도 쥐를 보지 못했다고 해서 쥐가 없다고 생각하면 오산이다. 쥐는 사람들에게 목격된 곳에 있고 한번도 목격된 적 없는 곳에도 있으며 결코 나타날 리 없다고 생각하는 곳에도, 그러니까 거의 모든 곳에 어디에나 있다.

외형적으로 도시는 건물과 집과 다리와 각기 다른 상점으로 이루어진 지상의 공간이지만 실제로는 수십개의 상하수도관과 여러층으로 나뉜 지하공간이다. 지상이 인간의 세계라면 지하는 쥐의 세계이다. 도시 전체를 관통하는 하수도 밑에 전선이 매설된 관이 있다. 쥐는 그런 관이 지나가는 길목에 있다. 도시의 심층 구조와 쥐의 분포도는 거의 비슷하다. 도시는 눈에 보이지 않는 수많은 층으로 이뤄져 있고 쥐는 사람 눈에 띄지 않는 곳에 수십만 마리가 존재한다.

쥐가 그렇게 많다고 번잡한 도시 한복판에서 아무 때나 볼 수 있는 것은 아니다. 쥐들은 유난스러운 경우가 아니면 도로 한가운데로 다니지 않는다. 그리로 다녀본 적이 없는 탓이다. 쥐들은 다니는 길로만 다니는데 대개 구석지고 음침한 길이다.

도시의 뒤편으로 가면 사정이 다르다. 특히 도시에서도 흙이 있는 곳이 그렇다. 시궁쥐가 쓸고 지나가지 않는 곳이 없다. 크고 작은 공원이나 화단, 주인이 돌보지 않아 더럽고 황폐해진 뒷마당이든 날마다 주인이 가꾸고 다듬어

정돈된 뒷마당이든 쥐가 나온다. 아파트 마룻바닥 아래나 물건으로 가득 찬 지하실 한 귀퉁이, 하수도, 오래된 가구 아래와 둘둘 말아놓은 카펫 아래는 모두 쥐의 거처이다. 쥐는 수많은 사람들이 이용하는 지하철의 선로 아래나 어두운 곳에도 태연히 둥지를 튼다.

만약 사는 곳에서 쥐 한마리가 눈에 띄었다면 보이지 않는 곳에는 마흔여덟마리의 쥐가 숨어 있다고 생각하면 된다. 쉰여섯마리라고 생각해도 되고 예순일곱마리라고 생각해도 좋다. 싫어하는 두자리 혹은 세자리 숫자— 가급적 숫자가 높을수록 맞을 확률이 높다—를 떠올려도 좋다. 어차피 숨어 있는 쥐를 다 잡을 수는 없다. 중요한 것은 눈으로 직접 목격한 것보다 훨씬 쥐가 많다는 사실이다. 그러니 눈에 띈 쥐 한마리를 잡는 것이 어렵다면 보이지 않는 수많은 쥐를 잡을 생각은 하지 않는 게 좋다. 그것은 수의 문제가 아니다. 힘의 문제다. 사람 눈에 띈 쥐는 무리 중 가장 약한 놈이다. 눈에 띈 쥐들은 힘이 없어서 지하실과 지하철과 하수도와 선이 매설된 관 밑에서 먹이를 구하지 못하고 어쩔 수 없이 낯선 곳으로 먹이를 찾아 나선 놈들이다. 그런 놈을 잡을 수 없다면 당연히 다른 놈도 잡을 수 없다.

전문가가 나서지 않아도 쥐는 언젠가 죽는다. 도시에서

쥐가 죽는 이유는 사람들이 죽는 이유만큼이나 다양하다. 승용차나 버스, 택시에 치여 죽는 것은 흔한 일이다. 하수관을 기어오르다가 변기 뚫는 흡착기에 걸려 죽기도 한다. 어디에나 쓰레기가 널려 있는 도심지에서 의외로 먹을 것을 찾지 못해 굶어 죽는 쥐도 있다. 간혹 고양이나 새가 죽이기도 한다. 잡식성 새는 쥐를 발견하면 상공에서 갑자기 하강하여 몸통을 덮친다. 주로 숲이나 들에서 이루어지는 방식이다.

쥐를 잡는 일에 고양이는 언제나 기대 이하이다. 고양이는 다 자란 쥐는 공격하지 않는다. 그런 쥐는 덩치가 고양이와 별반 다르지 않아 고양이의 위협에 꿈쩍할 리 없다. 총기 사용이 허용된 나라에서는 뜻밖에도 많은 수의 사람이 권총이나 공기총을 쏘아 쥐를 죽인다.

쥐는 걸리면 딸깍 소리를 내며 잠기는 전형적인 덫에 걸려 죽기도 한다. 하지만 덫으로 쥐를 잡기는 아주 어렵다. 유별날 만큼 새로운 것을 싫어하는 쥐의 성향 때문이다. 보수적인 성향이 강한 설치류는 주거지에 낯선 물건이 있으면 바로 경계한다. 쥐들이 익숙해지게 하려면 며칠간 그저 덫을 놓아두어야 한다. 미끼를 걸어놓고 먹어도 아무런 해가 없다는 생각을 심어주어야 한다. 시간이 많이 걸리기 때문에 전문가들은 덫을 사용하지 않는다.

대개의 쥐가 약 때문에 죽는다. 약을 먹으면 쥐는 몸이 쇠약해져 먹이를 먹지 못하게 된다. 그러다가 혈액순환이 어려워지면 공기를 찾아 어두컴컴한 쥐구멍을 벗어나 환한 밖으로 몸을 끌고 나와 죽는다. 그렇다고 해서 쥐약이 그렇게 효과적인 것은 아니다. 많은 쥐를 죽일 수 있고 실제로 대부분 쥐약 때문에 죽지만 일시적인 효과에 지나지 않는다. 어떤 약이든 사용하다보면 내성을 키운 쥐가 생기게 마련이다.

다른 쥐가 다 죽어나갈 상황에서도 끝내 살아남는 쥐들이 있다. 그렇게 소수만 살아남으면 쥐들의 임신율은 평상시의 배로 올라간다. 먹을 것을 놓고 벌이는 경쟁이 줄어드니 덩치도 빠르게 불어난다. 쥐를 제거하면 제거할수록 살아남은 쥐들이 살기 좋은 환경을 만들어주는 셈이다. 살아남은 쥐들은 한층 강해진다. 본래 멸종 위협은 종(種)을 강화시키는 법이다.

인간의 경우도 마찬가지다. 어떤 바이러스도 지구상의 인간을 다 죽일 수 없다. 99.99퍼센트가 죽는다고 해도 자연면역을 갖춘 생존자는 반드시 살아남는다. 독성 강한 쥐약이 오히려 생존력 강한 쥐를 양산하듯이 전염병은 인간이라는 종을 강화하는 데 일조한다. 쥐와 마찬가지로 인간도 쉽게 소탕되는 종이 아니다.

*

쓰레기장이 가장 아름다울 때는 쓰레기가 타고 있을 때다. 그중에서도 이른 아침 옅은 안개나 희미한 소독약이 깔린 가운데 쓰레기가 타오르는 불빛은 맑은 날의 노을만큼이나 아름답다. 쓰레기 더미에서 피어오르는 거뭇한 장밋빛 불꽃이 아침의 맑은 공기와 어우러진다. 불꽃은 처음에는 흐리다가 점차 색이 선명해지고 이윽고 검은 연기를 뿜어내며 타오르기 시작한다. 그야말로 세상의 모든 것이 타들어가면서 나는 연기이다. 주민들이 내다버린 각종 생활쓰레기와 미처 소각장에서 도망쳐 나오지 못한 쥐와 더이상 병원에 수용할 수 없어 간밤에 몰래 버려진 시체 — 그런 소문이 떠돈다 — 와 아직 죽지 않았는데도 죽은 줄 알고 버려진 감염된 사람들 — 역시 그런 소문이 있다 — 이 함께 타들어가면서 연기를 만든다. 불이 잦아들면 잔불이 바람의 움직임을 따라 일었다가 사위고 재가 바람을 타고 꽃잎처럼 허공을 날아 흩어진다.

검은 연기가 가시면 뿌연 소독약이 재와 섞여 공원을 뒤덮는다. 일정한 간격으로 뿌려대는 소독약 때문에 세상은 늘 막이 낀 듯 희뿌옇다. 쉴 틈 없이 소독약을 살포하는 것이 시 당국이 생각해낸 유일한 방역법이다. 소독약 안개가 가실 때는 깊은 밤과 이른 새벽뿐이나 그때 공원은 지척을 분간하기 힘든 어둠에 눌려 있다.

아침 안개 같은 흰 소독약 연기 속에서 거대한 수거차량이 어마어마한 양의 쓰레기를 소각장에 쏟아버리고 가면 부랑자들의 하루가 시작된다. 입구에 게시된 안내문에 의하면 소각장은 본래 아이들이 농구를 하거나 간이 라크로스 경기를 하던 공간이었는데 전염병이 확산되면서 불가피하게 임시 소각장으로 전용되었다.

소각이 끝나 검은 재와 잔불이 남은 쓰레기 더미를 뒤지고 있노라면 한마리 쥐가 된 느낌이었다. 간신히 쓸 만한 것을 건져내도 온몸이 재투성이가 되어 회색 털의 쥐와 다를 바 없어졌다. 무엇보다 쥐들이 쓰레기로 먹고 사는 것처럼 그와 공원의 부랑자들 역시 쓰레기 덕분에 먹고 살았다.

쓰레기를 뒤지다보면 생존을 위한 경쟁자가 부랑자가 아니라 쥐임을 실감하게 된다. 그러나 쥐가 사람과 경쟁할 만한 상대가 아니라는 것을 이내 깨닫게 된다. 쥐는 항상 사람보다 빠르다. 쥐는 사람들이 찾지 못하는 음식을 찾고 먹지 못하는 것을 먹으며 먹을 수 있는 음식은 먼저 먹는다. 사람이 팔을 뻗을 수 없는 곳으로 거리낌 없이 가고 사람이 갈 수 있는 곳에는 항상 먼저 간다.

명백히 그의 처지는 쥐보다 못했다. 한데서 잠을 자고 더럽고 혐오스러운 것을 뒤져 먹이를 구한다는 점에서 쥐와 같았으나 쥐는 무엇이든 먹을 수 있지만 그는 무엇이든 닥치는 대로 먹었다가 탈이 나서 여러번 고생했다는 점에서 쥐보다 열등했다.

쥐나 다른 부랑자들과의 경쟁에서 주로 졌지만 그럼에도 그는 쓰레기장이 마음에 들었다. 쓰레기장에는 모든 게 있었다. 일테면 갈아입을 옷과 신발, 살이 부러진 우산과 휴대품—노숙생활 며칠 만에 금이 간 그릇과 빗 같은 소지품이 생겼다—을 넣기에 좋은 가방 같은 것이. 무엇보다 가장 중요한 먹을 것이 있었다. 유통기한이 한참 지나 곰팡이가 핀 빵이나 불어터져 납작하게 말라붙은 삶은 국수, 물러 냄새가 나는 채소가 있었다. 운 좋으면 멀쩡한 채로 버려진 빵을 찾기도 했다. 쓰레기 더미에서 지독하게 썩어가는 냄새가 난다면 한때 음식이라 부르던 것이 섞여 있을 확률이 높았다. 썩고 곯은 냄새가 곧 음식 냄새니까.

공원에서 지낸 초기에 그는 거의 아무것도 먹지 못했다. 먹을 것을 구해야 한다는 생각보다 자신이 왜 그런 음식밖에 구할 수 없는 처지가 되었는지 비통해하느라 그랬다. 얼마 지나지 않아 그런 감정은 허기에 아무런 도움이 되지 않는다는 걸 깨달았다. 부랑하는 처지라면 음식에 대해 어떤 자의식도 가져서는 안 된다. 허기에 지쳐 처음으로 쓰레기통을 뒤져 먹을 것을 찾았을 때 울음을 삼키느라 냄새를 거의 느끼지 못했다. 그는 상해서 곤죽이 된 국수를 먹었다. 일단 한입 먹자 계속 먹을 수 있었다. 벌레가 붙어 있다면 벌레를 떼어내고 먹었고 곯았다면 코를 막고 먹었다.

어느 날 잿더미 속에서 항공사 마크가 찍힌 그을린 칼을 발견했다. 날이 뭉툭한 버터용 칼이었다. 그는 주위를 돌아보고 재빨리 칼을 주머니에 넣었다. 쥐에게 칼이 필요할 리 없지만 경쟁에서 최초로 쥐를 이긴 기분이었다. 종종 어두운 밤 벤치에 등을 대고 누워서 주머니의 칼을 만지작거렸다. 칼날의 차가운 기운이 그에게 용기를 주었다. 그렇다고 해도 칼을 꺼내 드는 일은 없었다. 그가 점찍어둔 쓰레기를 먼저 채어 가는 부랑자에게 달려들었다가 얻어맞고 물러서야 할 때도 그저 주머니를 더듬어 칼을 만져보는 것으로 끝이었다. 그에게 칼이란 그런 것일 뿐, 사람을 위협하는 물건은 결코 아니었다.

운이 좋으면 잃어버린 트렁크를 찾을지도 모른다고 생각했지만 그런 일은 일어나지 않았다. 종종 쓰레기 더미에서 트렁크를 발견하면 차지하기 위해 싸움을 벌여야 했다. 트렁크는 부랑생활에 필요한 물건들을 담아두기 좋았다. 그는 번번이 얻어맞아서 그저 가방이 자기 것인지 아닌지 확인하는 걸로 족했다. 자신의 트렁크라고 해도 모국에서 넣어온 물건들이 남아 있을 리 없었다. 가망 없는 일이었다. 트렁크는 이미 여느 쓰레기와 다름없어졌을 것이다. 그가 단 며칠 만에 도시의 오래된 부랑자들과 비슷해진 것처럼.

쓰레기 더미로 투신하자마자 그는 뻐근해진 허리를 추스를 새도 없이 봉지 사이를 헤집고 들어갔다. 몸을 숨길 곳은 거기뿐이었다. 그는 끈적거리는 진물이 흐르고 구더기와 벌레가 천지인 바닥을 기었다. 형사들이 금방이라도 손을 뻗쳐 목덜미를 잡아챌 것 같았다. 심장의 선명한 울림 때문에 그는 자신의 선택을 확신했다. 이대로 잡히면 꼼짝없이 강제송환되어 구속되고 재판을 받고 범인으로 몰려 엄중히 처벌받을 것이었다.

마침 방역차가 공원을 지나가지 않았다면, 거대한 양의 소독약이 분사되지 않았다면, 구름처럼 피어오른 소독약이 그의 모습을 가리지 않았다면 그는 형사에게 붙잡혔을 것이다. 방역차가 약을 분사하느라 속도를 늦추고 천천히 공원을 도는 동안 그는 자욱한 소독약에 숨어 차 지붕에 올라탔다. 방역차는 지붕에 그를 싣고 소독약 구름에 몸을 감춘 채 느리게 다른 곳으로 이동했다. 그는 차 지붕에 바짝 엎드려 자신이 머문 곳을 떠나왔다.

형사라고 추측한 무리로부터 충분히 멀어질 때까지 방역차 지붕에 남아 있을 생각이었으나 마음만큼 오래 버틸 수 없었다. 사지가 후들거려 당장이라도 떨어질 것 같았다. 그는 정차한 방역차에서 뛰어내려 인근 공원으로 들어가 마침 비어 있는 벤치에 누웠다. 온몸이 빳빳하게 굳고 뼈가 쑤셨다. 절박한 상황에서조차 죽을 만큼의 통증이 아니라 사소하지만 지속적인 통증을 참지 못했다는 데 당황했다. 자신은 역병에 전염되거나 심장이 단칼에 찔려서 죽는 것이 아니라 방심하여 함부로 찔린 녹슨 못 때문에 파상풍에 걸려 죽게 되지 싶었다. 자신은 그렇게 사소하고 볼품없이 죽어가는 게 마땅했다.

*

공원의 부랑자는 모두 열일곱명으로 공원에 놓인 벤치의 수와 같았다. 가로등이 설치된 공원 입구 쪽 벤치를 1번으로 삼고, 1번을 중심으로 시계방향으로 돌며 번호가 매겨졌다. 누가 매긴 번호인지 알 수 없지만 남들이 그를 9번이라 부르고 한자리 건너의 남자를 11번이라고 부르기에 그런 줄 알게 됐다.

번호가 있기는 해도 부랑자들이 서로를 부를 일은 거의 없었다. 그는 자기가 9번인 줄은 알았으나 누군가 불러도 대답하지 않았다. 노래를 읊조리듯 알아듣지 못할 말을 끊임없이 중얼거리는 3번이나 6번이 아니면 대부분의 사람들이 입을 다물고 지내서 말을 하지 않아도 유별나 보이지 않았다. 병에 전염될 수 있다는 불안 때문인지, 같은 자리에 계속 머물러야 제 것임을 주장할 수 있는 노숙의 방식 때문인지 모르겠지만 열일곱명은 되도록 제자리를 지켰다. 음식을 두고 다퉈야 할 경우가 아니라면 다른 사람과 말을 주고받지 않았고 자리를 맡아주는 일도 없었으며 음식을 나눠주거나 양보하지도 않았다.

3번과 6번이 계속 중얼거리고 있다지만 알 수 없는 말을 끊임없이 해대는 사람이 4번이나 8번일 수도 있었고 그와 비교적 거리가 먼 1번이나 17번일 수도 있었다. 공원에는 늘 소독약이 안개처럼 떠돌고 있어서 시야가 뿌옜다. 방역차가 막 소독약을 뿌리고 가면 바로 옆 벤치가 겨우 보일 정도였다.

꼭 그 때문이 아니더라도 부랑자들을 구별하기는 어려

웠다. 그들은 한결같이 더럽고 새까맣고 낡은 옷을 여러 겹 입었고 얼굴에는 시커멓게 수염이 나 있었다. 머리는 산발에다 손은 때가 껴서 시커멨다.

부랑 기간이 짧을수록 더러웠다. 부랑 기간이 길어지면 쓰레기를 찾는 솜씨가 좋아져 옷을 자주 갈아입었고 씻을 수 있는 곳도 잘 찾아냈다. 한밤에도 문을 열어두는 건물의 화장실이나 야간 출입이 자유로운 아파트 공사장을 알아서 마음만 먹으면 몸도 비교적 청결하게 유지했다.

무엇보다 번호는 영구적이지 않았다. 번호는 사람에게 붙는 것이 아니라 자리에 붙었다. 2번 자리에 앉았던 사람이 다른 사람에게 자리를 뺏긴 후 6번 자리로 가면 그날로 6번이 되는 식이었다.

자리를 빼앗기고 빼앗는 일은 빈번했다. 새로운 부랑자가 나타나 자리를 차지하면 연쇄적으로 몇번의 싸움이 벌어졌는데, 벤치를 빼앗긴 사람은 평소 만만해 보이는 사람을 찾아가 다시 싸움을 걸고 그 싸움의 패자가 다른 벤치로 가서 시비를 거는 식이었다. 자리다툼은 대개 무차별적인 주먹질로 이어졌지만 그럴 경우에도 누구 하나 나서서 말리지 못했다. 자칫 다칠 수도 있고 오히려 자기 자리를 뺏길 수도 있어서였다.

갈수록 자리싸움이 치열해지자 부랑자들은 아예 수거

차가 버리고 간 쓰레기봉지를 되는 대로 집어 자리로 들고 왔다. 좋은 물건을 건질 확률은 줄었으나 자리를 빼앗길 염려가 줄었다. 그 탓에 공원의 쓰레기는 점점 많아졌다. 벤치에서 쓰레기를 뒤지고 그대로 버려두면서 공원은 점점 쓰레기장이나 다를 바 없어졌다.

*

공원에서 지내기 가장 힘든 순간은 밤에 비가 올 때다. 온몸이 빗물에 젖으면 체온이 떨어지는 걸 막을 도리가 없었다. 기껏해야 벤치 밑으로 몸을 구겨 넣어 조금이라도 가리는 게 전부였다. 쏟아지는 비를 피하기 위해 벤치 아래 흙바닥에 누우면서 그는 아파트에 격리되어 있던 짧은 시절이 얼마나 편안했는지 깨달았다. 찬물이기는 하나 원하는 때 몸을 씻을 수 있었고 녹이 섞여 나오기는 해도 걸러 마시면서 갈증을 해결했다. 비상벨 소리에 배급받은 도시락을 가지고 올 때면 훈련받는 짐승이 된 듯 굴욕적이었으나 일정한 시간에 비슷한 맛의 도시락을 먹는 것에는 별 불만이 없었다. 침대에 누워 편히 잘 수 있었고 베란다 문만 닫아둔다면 냄새도 피할 수 있었다. 당연하게도 자는 동안 비를 맞지 않아도 되고 심한 바람도 걱정 없었으며 추위를 염려할 필요도 없었다. 무엇보다 의식적으로 주머니를 더듬어 칼이 잘 있는지 확인하지 않아도 되었다.

물론 격리된 아파트에서보다 행복한 때는 살면서 얼마든지 있었다. 얼마든지 있었으므로 그 시절에는 당연히 그것이 행복한 줄 몰랐다. 비를 피하기 위해 벤치 아래로 기어들어가 흙바닥의 축축한 기운과 나무판자 사이로 흘러내리는 찬비를 맞으며 벌레처럼 웅크리고 있자니 이 순간을 제외한 모든 때가 행복했다는 생각이 들기도 했다. 심지어 이제껏 살면서 가장 고통스러웠던 순간조차도 말이다. 그러니까 뉴스로 전처의 죽음을 확인한 순간과 거의 매일 자신이 전처를 죽이는 꿈을 꾸고 그것이 꿈인지 망각된 기억인지 환상인지 헛갈려하다가 간신히 깨어나는 순간보다도.

꿈에서 만난 전처는 처음 사랑을 고백할 때 같은 나긋한 목소리로 그에게 비밀을 털어놓았다. 꿈속에서 그 얘기를 되풀이해 들을 때마다 그는 전처가 죽었다는 것 이상으로 고통스러워서 이 모두가 지독한 현실임에 틀림없다고 확신했다.

꿈속에서 유진은 난처한 표정으로 그와 전처를 번갈아

바라보았다. 그는 참지 않았다. 유진을 괴롭힐 생각으로 전처와의 관계를 폭로했다. 유진은 이미 알고 있다고 대꾸했다. 그는 태평스러운 유진의 태도에 약이 올라서 비겁하게 굴었다. 유진을 향해 주먹을 뻗은 것이다. 그러다 오히려 유진에게 얻어맞았고 말리려고 끼어드는 전처를 밀쳤다. 그는 오로지 전처를 화나게 할 생각으로 이번에는 칼을 들어 위협했다. 비밀을 폭로한 유진을 용서하기 싫었다. 유진의 속셈은 뻔했다. 그가 자신의 결혼을 파탄낸 유진에게 고통을 주려던 것처럼 유진도 그에게 똑같이 굴었다.

모든 것이 모호하고 비현실적이고 불분명한 가운데 전처에게 팔을 붙들린 채로 서서 유진을 노려보던 모습이 선명했고 꿈에서 그 장면을 만나면 어김없이 놀라서 깨어나곤 했다.

온몸이 땀으로 젖어 일어나보면 여전히 어두운 공원의 딱딱한 벤치였다. 그는 어둠 속에서 손을 여러번 쥐고 펴기를 반복했다. 꿈에서 유진을 위협하려 칼을 움켜쥔 모습이 생생하게 떠올랐다. 손아귀가 여전히 얼얼하고 욱신거려서 방금 벌어진 일 같았다.

선명한 감각 때문에 의심을 거두기 힘들었다. 혼란과 분노 속에서 칼을 쥐었다면 모든 것이 일그러지고 뒤죽박

죽인 채로 떠올라야 할 텐데 그는 주입된 듯 매번 똑같은 감각을 기억해냈다. 명백한 실감 때문에 오히려 그는 이 모두가 계속 반복되는 꿈이고 상상이며 망상이라고 결론 내렸다. 모두가 말하듯이 자신이 전처를 죽였을지도 모른다는 두려움이 만든 환상이라고.

하지만 환상으로 인지하는 것과 별개로 전처가 죽었다는 사실에는 변함이 없으므로 그는 끝없이 고통스러워야만 했다. 마음이 아파 죽는 때가 온다면 지금과 같은 순간이라고 생각했으나 비겁하게도 고통은 얼마 가지 않았다. 흙바닥에 누워 비를 맞고 있자니 추워서 죽을 수는 있지만 마음이 아파서는 절대로 죽지 않는다는 생각이 들었다. 아무리 마음이 아팠던 순간에도 그는 살아 있었다. 다시는 겪고 싶지 않을 만큼 힘들었으나 적어도 그때는 비를 맞지 않았고 땅바닥에 드러누울 필요가 없었다. 스멀거리며 몸을 간질이는 것이 벌레인지 습기인지 빗물인지 흙인지 가리느라 인상을 쓰지 않아도 되었고 자신을 간질이는 벌레를 확인하고 짧은 비명을 참으려고 애쓸 필요도 없었다.

신체의 고통을 견디자니 전처의 죽음으로 인한 슬픔이 점차로 옅어졌다. 전처의 죽음을 생각하면 여전히 두들겨 맞은 듯 몸이 저려왔지만 그 순간도 차츰 짧아졌다. 꿈속에서 유진을 향해 칼을 드는 횟수가 늘어날수록 깨어나서 느끼는 죄책감과 황망함도 사그라들었다. 계속 반복되는 꿈과 꿈치고는 선명한 감각 때문에 느끼는 혼돈도 조금씩 나아졌다.

전처의 죽음으로 고통스러운 와중에도 그는 몸을 타고 올라오는 벌레를 죽였고 땀과 빗물과 진흙이 범벅 되어 거대한 먼지 덩어리가 된 머리를 긁었으며 쓰레기차 지나가는 소리가 들리면 부랑자들과 우르르 몰려가 봉지를 뒤졌다. 전처의 죽음이 야기한 고통은 벌레를 죽인 다음으로, 가려움이 가실 때까지 몸을 긁은 후로, 쓸모 있는 것을 찾아 쓰레기를 뒤진 다음 순서로 기꺼이 넘어갔다.

짧은 시간 동안 많은 일이 벌어졌으나 그가 진상을 제대로 아는 일은 하나도 없었다. 그는 자신에게서 기인하여 지금까지 일어난 모든 일을 이해하는 것을 포기했다. 어쩌면 이해하고 싶지 않거나 애당초 이해할 수 없는 일인지도 몰랐다. 그럼에도 그는 이제껏 아무리 힘든 고통을 겪었다고 하더라도 다가올 미래의 고통보다 나으리라는 점을 받아들였다.

그를 우울하게 하는 것은 바로 이것이었다. 지금의 고통은 앞으로 닥칠 고통에 비하면 아무것도 아니라는 사실. 그가 할 수 있는 일은 그저 지금의 세계가 과거가 될 때까지 살아남는 것이었다.

*

얼마간 지내고 나서 확인해보니 공원은 그의 숙소인 아파트에서 고작 세 블록 떨어져 있었다. 멀어지려고 생각했지만 그저 조금 나아간 셈이었다. 겨우 이 정도 도망쳐온 주제에 태평하게 쓰레기나 뒤진 것이다. 공원에 머무는 동안 경찰이 탐문하는 걸 한번도 보지 못해서 더 마음을 놓았다. 경찰조차 멀리하고 싶을 정도로 부랑자들은 방역체계에서 소외되어 있었다.

적어도 행정구역이 달라지기는 했으리라 여겼다. 애써 달아난 거리가 고작 세 블록이라니. 생각해보면 진즉에 알아채지 못한 게 의아했다. 방역은 행정구역 단위로 이루어지므로 그가 탄 방역차가 인근 지역만 순회하는 것이 당연했으니 말이다.

그는 천천히 아파트 쪽으로 걸음을 옮겨보았다. 몇번 다른 도로로 진입해 길을 헤맸지만 얼마 지나지 않아 익숙한 아파트가 나타났다. 공동 현관 앞에서 로비 안쪽을 기웃거렸다. 열쇠가 없어 더는 들어갈 수 없는 집이었다.

방역복을 입은 관리인이 그가 있는 쪽을 잠시 바라보았으나 접근을 막지 않는 것으로 보아 아파트 격리 조치가 풀린 모양이었다. 질병의 확산으로 더는 격리를 유지할 필요가 없어진 것일 수도 있었다.

베란다에서 보이던 작은 공원은 그가 지내는 곳과 별반 다르지 않았다. 그와 비슷한 몰골의 부랑자들이 벤치마다 누워 자고 있거나 쓰레기를 뒤지고 있는 모습도 같았다.

하지만 다른 점이 있었다. 공원 중앙에 놓인 공중전화 부스가 그를 사로잡았다. 부스에 전화기는 없고 쓰레기만 차 있는데도 그랬다. 만약 전화기가 있었다면 그는 어떻게 해서든 전화를 걸었을 것이다. 전처의 죽음을 알려준 유진에게, 특혜를 받았다고 비아냥거리던 어류 선배에게, 심지어 죽은 아내에게 말을 걸고 싶었다. 그들은 모두 멀리 있거나 닿을 수 없는 곳에 있었다. 그러나 부스 앞을 서성이다가 가까운 곳에 있는 누군가를 떠올렸다. 그는 퍼뜩 떠오른 그 사람에게로 주저 없이 걸음을 옮겼다.

*

대낮이지만 날이 흐린 탓에 대부분의 사무실이 불을 밝히고 있었다. 건물로부터 물러서니 사무실의 넓은 창으로 바삐 움직이거나 앉아서 업무를 보거나 모여 앉아 회의를 하는 사람들이 보였다. 본사에서는 모든 업무가 정상적으로 운영되고 있는 것이었다.

몰을 만나는 게 좋은 선택인지 알 수 없었다. 그의 행방을 쫓는 형사들에게 오히려 정보를 주게 될지도 몰랐다. 그래도 자신이 순간적인 두려움으로 순탄한 미래를 망쳐버린 것은 아닌지 확인하고 싶었다. 처음에는 단순한 희망이었으나 점차 오해에서 비롯되었으리라는 확신으로 바뀌었다. 오해라면 언제든 만회할 기회가 주어질 것이고 쓰레기 더미로 빠져든 삶을 교정할 수 있을 터였다.

로비는 천장이 높고 불빛이 환했지만 지나다니는 사람이 거의 없어 괴괴한 느낌을 주었다. 밝은 빛 때문에 그의 후줄근한 차림이 더 도드라졌다. 길거리에 버려진 담배꽁초나 쓰레기통이 자신보다 더 깨끗하지 싶었다.

"무슨 일이십니까?"

출입 통제 시스템 앞에서 서성이는 그에게 경비가 다

가왔다. 말끔하고 단정한 정복 위에 방역복을 차려입은 경비에 비해 그의 행색은 지나치게 초라했다. 경비가 입은 방역복 상의 주머니에 전자체온계가 꽂혀 있었다. 정문에 거대한 체온 측정 기기가 설치되어 있었고 그는 별다른 경보음 없이 기기를 통과했음에도 경비는 체온을 다시 확인하고자 했다. 그는 다급하게 몰의 소속 부서와 직함을 댔다.

"그러니까 내부 근무자와 약속이 있다는 말씀인가요?"

약속은 아니지만 그는 고개를 끄덕였다. 경비가 굳은 표정으로 그를 로비 오른편의 카운터로 데리고 가더니 서류를 내밀었다. 상단에 면담 신청서라고 쓰여 있었다. 이렇게 빈칸이 많은 신청서를 작성해야만 내부 근무자를 만날 수 있는 모양이었다.

"신청서를 쓰지 않으면 안 됩니까?"

"외국인입니까?"

경비가 물었다.

"구두로는 면담 신청을 받지 않습니다. 증빙 서류를 남겨야 해요. 요즘 같은 때는 누가 드나들었는지 확인할 수 있어야 하니까요."

그렇게 말하고 경비는 더는 그를 돕지 않겠다는 듯 로비 중앙 쪽으로 빠르게 걸어갔다. 이제 막 도착한 엘리베이터에서 마스크를 착용한 정장 차림의 사람들이 쏟아져 나왔다. 그들 중에 몰이 있을지 모른다는 생각으로 정문을 나서는 사람들을 빤히 쳐다보았지만 그런 행운은 주어지지 않았다. 다만 직원들이 가슴팍에 달고 있는 목걸이형 신분카드에서 손쉽게 몰이라는 이름을 발견했다. 여자였다. 별로 실망하지 않았다. C국에서 몰은 아주 흔한 이름이라고 했다.

그는 신청서의 항목을 하나씩 채워나갔다. 면담 사유를 적는 칸 앞에서는 주저하며 경비를 돌아보았는데, 경비가 여태 주시하고 있자 당황하여 고개를 돌렸다. 결국 적당한 표현을 떠올리지 못해 '진로 상담'이라고 적었다.

"진로 상담이라니, 흥미롭군요."

그가 내민 신청서를 잠자코 들여다보던 경비가 입을 열었다.

"포괄적인 의미로 그렇습니다만 이런 사유라면 허가가 나지 않습니까?"

"약속이 되었다면 상관없습니다. 그게 아니라면 절차를 거쳐야 합니다."

"신청 결과는 언제쯤 알 수 있나요?"

"나는 이걸 접수해서 올리는 일만 합니다. 검토는 상부 담당자가 하죠. 상부에서 통과된 신청서만 해당 근무자에게 전달됩니다. 내 말 압니까? 상부에서 보류되거나 담당자가 면담을 거절하면 자연히 신청이 기각되고요. 내가 아는 건 거기까지입니다. 모든 일이 그렇지만 이것도 단숨에 결정 나는 건 아닙니다. 요즘은 더 까다로워져서 확실한 시기를 알려드릴 수 없습니다. 내 말 압니까?"

경비는 그를 배려하듯 두차례나 의사소통에 문제가 없는지 확인했지만 정작 말의 속도를 늦추거나 다시 한번 말해주는 일은 없었다. 알아듣지 못해도 상관할 바 없다는 태도였다. 경비가 그에게 받아든 서류를 카운터 아래 플라스틱 함에 넣었는데, 그 안에 면담 신청서가 쌓여 있는 게 보였다. 그게 다 오늘 받은 서류인지 기각된 신청서를 그저 모아둔 것인지 알 수 없었다.

경비는 제 할 일을 다 했다는 듯 정문을 향해 서서 뒷짐을 지고 발을 골반 넓이로 벌린 열중쉬어 자세를 취했다. 방역복을 입은 탓에 몸집이 부풀어 그 자세가 제대로 되지 않았지만 우스워 보이지는 않았다. 그가 웃을 기분이 아니기 때문이었다. 몰을 만나려는 그의 결심은 점차로 비장해졌다.

그는 정문으로 나가려다 말고 경비에게로 다시 갔다.

"누구나 면담 신청서를 씁니까?"

"누구나 씁니다."

마스크 때문에 경비는 복화술을 하는 듯 보였다.

"예를 들면 경찰이나 형사는요?"

"경찰이나 형사에게는 신원증명서나 출입허가서 같은 게 있을 테니까요. 그렇지만 방역 기준을 통과해야 내부로 들어간다는 점에서 공평한 셈입니다. 내 말 압니까?"

"어떤 경우에 면담 승인이 거절됩니까?"

경비가 그를 찬찬히 바라보았다.

"아까도 말했다시피 승인 여부를 결정하는 건 내가 아닙니다. 현재로서 드릴 말씀은 없습니다. 내 의견을 들으면 당신은 영향을 받을 테고 괜한 희망을 갖거나 불안해할 테니까요. 나는 계약직 직원입니다. 방역 업무로 경비가 강화되면서 채용되었죠. 내 의무는 정문에서 방역 점검을 철저히 하는 것일 뿐 내부 근무자의 판단을 전할 이유가 없습니다. 내 말 압니까?"

경비가 이만 가달라는 듯 고개 숙여 인사했다. 이제 막 건물 안으로 들어온 사람들이 체온 측정을 기다리며 줄지어 섰다. 그들은 측정 기기를 정상 체온으로 통과한 후 통제 시스템에 신분카드를 일일이 태그하고서 로비로 들어왔다.

앞으로 몇차례 더 신청서를 작성해야 할지도 몰랐다. 경비를 만나러 올 때마다 비슷한 이야기를 되풀이하고 내

말 아느냐는 말을 반복적으로 들어야 할 수도 있었다. 무엇을 물어도 경비는 아무것도 모른다고 할 테지만 그는 진척 여부를 계속 캐물을 작정이었다.

*

공원으로 가는 길에 쓰레기 막사를 발견했다. 큐브 형태로 압착한 쓰레기를 벽돌처럼 쌓아올린 구조물이었다. 그는 부랑자 무리로 섞여 들어가 손에 잡히는 대로 쓰레기를 뒤졌다. 더미에서 비교적 깨끗한 옷을 끄집어내다가 옷자락에 걸려 있던 트렁크를 함께 찾아냈다. 바퀴가 다 빠지고 지퍼가 열린 트렁크는 쓰레기통이나 다름없었다. 안에 든 쓰레기를 털어버린 후 찬찬히 살펴보았다.

그가 분실한 검정 트렁크는 워낙 흔하게 생겨서 수하물을 찾다보면 늘 누군가의 가방과 헛갈렸다. 수하물 정보를 포함한 바코드가 없는 상황에서 그의 가방임을 증명할 마땅한 표지라고는 손잡이뿐이었다. 플라스틱 손잡이가 떨어져 나간 후 구입처를 통해 애프터서비스를 받으면서 흰색 스티치가 들어간 인조가죽 손잡이를 달아둔 것이다. 그가 막 주워 올린 가방 손잡이는 때가 묻어 색깔을 알아볼 수 없지만 스티치 자국이 있었다.

내친 김에 트렁크 안주머니를 열어보았다. 녹이 슬어 잘 열리지 않았다. 그는 주머니에 든 칼로 같은 자리를 여러번 긁어 천을 해지게 했다. 안주머니에 든 것을 상상하느라 심장이 떨 지경이었다. 이제와 트렁크를 다시 찾은 것이 예사롭지 않게 느껴졌다. 어쩐지 그 안에 담긴 물건은 그에게 반드시 필요할 듯했다. 반복해서 꾸는 꿈을 해명하는 물건일 수도 있고 누명을 벗는 데 필요한 물건일 수도 있었다. 천이 너덜너덜해질 때까지 여러번 같은 자리를 칼로 긁은 끝에 드디어 결을 따라 천을 쭉 찢었다.

안에는 그의 기대대로 뭔가 들어 있었다. 그는 주저하며 그리로 손을 집어넣었다. 딱딱하고 거친 촉감이 느껴졌다. 오래전에 원숭이의 빳빳한 꼬리털을 만져본 적 있는데 느낌이 똑같았다. 그는 엉겁결에 그것을 끄집어내고는 그대로 자리에 주저앉았다. 죽은 지 오래되어 화석처럼 굳은 쥐였다. 취할 게 있을 줄 알고 주머니 안으로 들어갔지만 빠져나오지 못해 빳빳하게 말라갔을 것이다. 비밀을 품고 있다고 생각했던 주머니 역시 오래전에 누군가에게 털린 후였다.

*

공원은 부랑자들이 내뿜는 숨소리가 들릴 정도로 고요했다. 여느 날과 유사했으나 부스럭거리며 동요하는 소리가 섞였다. 비강이 막힌 듯 힘겹게 숨을 들이마셨다가 겨우 숨을 내뱉는 소리였다. 공원에서 들리는 것과 다른 숨소리여서 몹시 거슬렸다. 누군가 그의 어깨를 툭 쳤다. 그는 깜짝 놀라 몸을 움츠렸다. 숨소리에 귀를 기울이느라 발소리를 미처 알아차리지 못했다.

전염병보다 무서운 것이 있다면 이런 예기치 않은 접근이었다. 누군가의 접근이 좋은 결과를 가져오는 일은 드물었다. 자리를 빼앗으려 들면 그는 망설임 없이 주먹을 날릴 작정이었다. 낡은 벤치를 지키기 위해서라면 피를 흘리고 뼈가 부러지는 싸움도 감수할 것이다.

그의 곁으로 온 사람은 8번이었다. 긴 모자를 뒤집어쓴 줄 알았는데 지푸라기처럼 말라붙은 머리카락이 어깨까지 내려와 있었다. 옷은 비에 젖었다가 마르고 다시 땀에 젖었다 마르기를 반복하며 잔뜩 쉰내를 풍겼다.

“저 소리 들립니까?”

8번이 물었다. 그가 고개를 끄덕였다.

8번은 그보다 늦게 공원에 왔다. 남의 자리를 빼앗지 않아도 자리를 차지할 수 있을 무렵이었다. 흰 와이셔츠에 검은 양복 차림으로 공원에 나타난 8번은 입구에 서서 주위를 두리번거리더니 딴청을 부리며 가까운 자리에 슬쩍 앉았다. 그러고는 서류가방을 무릎에 내려놓고 가방에서 책을 꺼냈다. 남은 약속시간을 때우려는 것으로 보였다. 밤이 되자 8번은 그대로 벤치에 누워 잠이 들었고 다음 날 아침에는 어제와 같은 자세로 앉아 책을 읽었다. 마땅히 갈 곳 없는 명예퇴직자인 듯했다.

흰 와이셔츠가 색을 알아볼 수 없을 만큼 더러워지고 수염이 되는대로 자라 얼굴을 덮는 동안 8번은 계속 공원에 머물렀다. 공원의 부랑자들은 다른 사람 일에 좀체 참견하지 않았지만 어느 날 누군가 8번에게 왜 여기서 지내느냐는 질문을 던졌다. 말하기 좋아하는 3번이나 6번이었던 것 같다. 8번은 주저하다가 회사에서 퇴출되었다고 털어놓았다. 3번 혹은 6번은 끈질기게 왜냐고 물었고 끝내 감염이 의심되는 상황이라는 고백을 들었다. 그 말을 듣자 8번 주위에 모여 있던 사람들이 일제히 뒤로 물러났다.

"난 감염되지 않았어요. 열도 안 나고 아무런 증상도 없어요. 회사도 퇴출의 핑계를 억지로 찾은 것뿐이에요. 아직 살아 있다는 것, 그게 감염되지 않았다는 명백한 증거라고요."

8번이 항변했다. 모두들 그게 사실임을 알았다. 하지만 그후 누구도 8번과 이야기를 나누지 않았다.

8번은 전염병에 걸리지 않았음을 증명하려는 듯 목구멍이 메말라 닫히지 않을 정도만 물을 마시며 버텼다. 다른 사람들이 쓰레기를 뒤져 쓰레기만도 못한 음식을 찾아 헤매고 오로지 누군가에게 빼앗기지 않으려고 아무리 썩은 음식이라도 일단 입에 넣고 보는 중에도 말이다.

시간이 지나면서 8번 역시 책을 읽는 시간보다 쓰레기를 뒤지는 시간이 길어졌다. 그래도 좋은 것을 차지하려고 아귀처럼 달려들고 방패처럼 막아서지는 않았다. 최소한으로도 충분하다는 듯 천천히 물건을 고르고 먹을 것을 입에 넣었다. 그의 주변에 아무도 가지 않으려고 해서 가능한 일이었다.

"조치를 취해야 합니다."

8번이 말했다. 그의 말은 정확히 알아듣기 힘들었다. 목소리가 가라앉고 불안한 듯 얼굴을 연신 돌려대서 입 모양이 보이지 않았다. 알아듣지 못해도 충분히 짐작할 수 있는 얘기였다. 수상한 신음소리는 감염병의 증거이니 공원에서 그를 쫓아내지 않으면 우리가 감염될 것이고 그러면 누구든 죽을 수 있다는 식의 얘기. 8번의 시선은 2번을 향해 있었다.

"저 사람은 기침을 합니다. 자세히 보니 가끔 피를 토하기도 하더라고요. 열 때문에 얼굴이 벌겋게 달아올랐고 기운이 달리는지 의자에 제대로 앉지도 못해요."

8번이 손에 쥔 책을 들어보였다.

"이 책에 다 나와 있습니다. 병은 발열로 시작됩니다. 저도 그랬어요. 겨드랑이와 사타구니, 목에 림프관종이 생기기 시작하면 열이 폭발적으로 올라요. 저는 그 정도는 아니었지만요. 곧 바이러스가 신경계를 침범하면 의식이 몽롱해지고 환각증상을 겪을 겁니다. 결국에는 피를 토하고 염증 때문에 온몸에 고름이 맺히고 몸을 떨다가 바이러스를 꽃가루처럼 퍼뜨리고 죽어가겠지요. 오래전 페스트 때처럼요."

그는 8번으로부터 한걸음 물러섰다. 감염된 적 없다는 말은 죄다 거짓인 모양이었다.

"감염되면 산소포화도가 올라가고 폐에 물이 차면서 죽게 된다고 해요. 눈 깜짝할 사이에 말이죠."

5번이 거들며 말했다.

"맞아요. 발열부터 사망까지 순식간이래요. 저처럼 열이 났지만 이렇게 살아 있다면 단순 감기였다는 뜻이죠."

8번이 말했다. 살아남았다는 충만한 자부심이 담긴 목

소리였다.

“저 정도의 발열이 전염병 증상이면 우리 모두 감염되었다는 소리예요. 다른 증상이 나올 때까지 기다려야 해요.”

불쑥 7번이 끼어들었다.

“저 사람이 병에 걸렸다면 우리가 다 옮을 수 있다는 거잖아요. 그러면 안 되잖아요. 죽고 싶지 않아요.”

10번이 말했다.

“차라리 병에 걸렸으면 좋겠어요. 그러면 병에 걸릴까 봐 노심초사할 일도 없을 텐데요.”

9번이었다.

“그렇게 소원이면 저 사람 곁으로 가세요.”

8번이 말했다. 9번이 깜짝 놀라서 뒤로 물러섰다.

모두 2번이 누워 있는 쪽을 보았다. 2번은 한동안 이웃을 의식해서 신음과 구역질을 참아온 듯했다. 피부가 온통 붉어졌다면 이미 손쓸 수 없는 지경에 이르렀다는 뜻이었다. 전염병의 마지막 단계에 이르면 모세혈관에서 잉크처럼 검은 혈액이 터져 나오면서 피부를 검푸르게 만든다고 했다.

2번은 고열에 시달리면서도 쓰레기를 주우러 우르르 소각장으로 몰려가고 음식물 부스러기를 차지하려고 다른 부랑자와 몸싸움을 벌여왔다. 그러는 중에 침이 튀도록 기침을 하고 아무 벤치에나 몸을 기대면서 손으로 기둥을 잡고 더러워진 손을 여기저기 댔을 것이다. 이 공원에서 누군가 감염된다면 2번 때문이었다.

2번이 요란하게 숨을 내쉬었다. 한기가 느껴지는지 간혹 몸을 떨었다. 8번이 읽고 있는 책에 의하면 마지막 단계의 감염자들은 통증을 견디기 힘들어 제 머리를 잡아 뜯기도 한다고 했다. 맥박은 처음에는 질주하듯 빨라졌다가 차츰 느려지고 죽기 직전에는 가느다란 실이 겨우 움직일 정도로 잦아든다.

"다행히 고통이 오래 가지는 않아요. 이 병의 유일한 장점이라면 종말을 빨리 맞게 한다는 점이에요."

8번이 말했다. 그러고는 그림자처럼 스르륵 2번 곁으로 다가갔다. 8번의 손짓에 모여 있던 사람들이 슬금슬금 그를 따랐다. 2번은 그저 몸살을 앓을 뿐이고 설혹 전염병이라도 그들에게는 어떤 권리도 없다고 아무도 얘기하지 않았다. 전염에 대한 두려움이 동정심을 억눌렀다.

역병의 시대였다. 뭐든 조심해서 나쁠 게 없었다. 감염경로가 불확실하다는 것은 대기 중의 바이러스로 전파되거나 가벼운 신체접촉으로 전염될 수 있다는 의미였다. 부랑자에게 감염은 곧 죽음이었다. 신원이 불분명하고 의료보험 혜택을 받을 수 없는 환자는 위급 상황에서 병원

진료가 거부되기도 했다.

누군가 이미 감염되었다면 다른 사람들도 곧 전염될 것이다. 그러니 병에 걸렸거나 걸렸으리라 의심되는 사람은 공원을 떠나야 했다.

그는 사람들을 따라 공원을 가로질러 2번이 누워 있는 벤치 쪽으로 갔다. 그제야 공원 중앙에 조성된 화단에 녹나무가 자라고 있는 것이 보였다. 사방으로 가지를 뻗은 녹나무는 소독약 때문에 잎사귀들이 누렇게 말라 떨어졌지만 그런 도중에도 새로 돋아난 잎이 순한 연둣빛으로 반짝였다. 그 조심스러운 생명력 앞에서 그는 발걸음을 조금 늦췄고 무리의 끄트머리로 처졌다.

부랑자들이 2번을 에워쌌다. 아무렇게나 기른 머리와 깎지 않은 수염, 새까만 얼굴이 자신의 모습과 놀랍도록 흡사했다. 다른 점이라면 2번이 이미 병에 걸렸지만 자신은 아직 걸리지 않았다는 점이었다.

똑같은 셔츠를 입고 있어서 그런 느낌이 드는지도 몰랐다. 셔츠는 며칠 전 쓰레기장에서 찾아 입었다. 커다란 봉지 속에서 어느 모임의 단체복인 듯한 셔츠가 무더기로 나왔다. 가슴팍의 주머니에 동일한 문양이 그려져 있고 그 위에 이름이 새겨져 있었다. 수량이 넉넉해서 오랜만에 몸에 맞는 옷을 찾아 입을 여유도 있었는데, 사이즈를 찾다가 '몰'이라는 이름이 새겨진 옷을 발견했다. 몰의 소개대로 C국에서는 흔한 이름인 모양이었다. 그는 주저 없이 그 이름이 새겨진 옷을 집어들었다.

2번은 인기척을 알아채고 힘겹게 눈꺼풀을 들어올렸다.

"몸은 좀 어때요?"

8번이 다정한 목소리로 물었다. 2번이 힘겹게 고개를 끄덕였다. 무슨 말인가 하려는 듯 입을 벌렸으나 뒷말을 들을 수 없었다. 6번이 순식간에 2번의 몸에 이불을 덮었기 때문이다. 2번은 버둥거릴 힘도 없는지 맥없이 결박당했다. 8번이 어디선가 가져온 보디백을 2번에게 뒤집어씌웠다.

소각장에서 종종 보디백에 담긴 시체가 나온다는 소문이 돌았다. 공시소에서 버려진 신원 미상의 시신이라고도 하고 병원에 미처 가지 못한 감염자의 시신이라고도 했다. 소문은 무성했지만 실제로 보디백을 보기는 처음이었다.

거친 숨소리가 들려오는 듯했지만 2번은 보디백 안에서 힘겹게 몸을 꿈틀거릴 뿐이었다. 2번이 가쁜 숨을 내쉴 때마다 보디백이 조금 들썩였다.

누군가 뒤쪽으로 물러나 있던 그를 앞으로 끌어냈다. 그를 제외한 세명이 똑같은 방식으로 무리 앞으로 끌려 나왔다.

"들어."

누군가 낮은 소리로 명령했다. 거역하기 힘들 만큼 단호한 소리였다. 사람을 내다버린다는 생각보다 감염자를 가까이서 만져야 한다는 생각이 그를 괴롭혔다.

때마침 방역차가 소독약을 뿌리며 지나갔다. 소독약이 거대한 구름을 이루며 공원으로 밀려들었다. 곁에 선 사람의 모습이 제대로 보이지 않을 정도로 뿌예진 틈에 네 사람은 2번을 어깨에 둘러멨다. 2번이 그의 어깨 위에서 신음소리를 내며 힘겹게 꿈틀거렸다.

소각장을 향해 걸음을 떼려는데 누군가 그의 어깨를 짚었다. 깜짝 놀라 돌아보니 보디백 안에서 팔이 삐져나와 있었다. 2번이 지퍼를 열고 손을 내민 것이었다. 2번은 자신이 살아 있음을 알리려고 부들부들 떨리는 손으로 간신히 그에게 신호를 보냈다.

그가 질겁하여 2번의 손을 쳐내다가 보디백을 놓쳤다. 균형을 잃으면서 나머지 세 사람도 안고 있던 2번을 놓쳤다. 바닥으로 굴러 떨어진 2번이 보디백 안에서 고통스러운 신음을 냈다.

"다시 들죠."

그가 낮은 소리로 말했다. 그의 단호함에 기가 죽은 듯

세 사람이 엉거주춤 2번을 둘러멨다.

꾸물거리다가는 소각 시간에 늦으리라는 생각에 네 사람은 재게 다리를 놀렸다. 소각장에 뭔가 버리기에 가장 좋은 때가 있다면 바로 지금이다. 그게 무엇이든 말이다. 기운을 잃은 와중에도 점차 심하게 몸부림치는 2번을 견디면서 네 사람은 서둘러 소각장으로 갔다.

소각이 막 시작되었는지 흰 연기가 피어올랐다. 곧 붉은 불빛이 어른거리고 흰 연기에 뒤섞여 검은 연기가 치솟았다. 네 사람은 보디백을 던져 넣었다. 그러고는 불길이 타닥거리며 솟아오르기를 기다려 소각로 뒤쪽으로 물러났다. 어디선가 비명소리가 들리는 것 같고 살려달라는 소리가 들리는 듯했지만 모두 환청이었다. 조용한 가운데 쓰레기 타는 소리만 들려왔다.

공원으로 소각장의 탄내가 희미하게 밀려왔다. 냄새 때문에 여기저기서 잔기침을 했다. 그는 2번이 누구인지 몰랐다. 얘기를 나눠본 적도 없었다. 그럼에도 그가 타고 있는 연기를 흡입하고 있다는 사실에 구역질이 났다. 다행이라면 2번을 내다버리는 일을 최초로 공모하지 않았다는 사실뿐이었다. 2번에게 보디백을 씌우지도 않았고 소각장으로 옮기라는 명령을 하지도 않았다. 단지 누군가에게 떠밀려 보디백을 잡았고 2번이 그를 건드리는 바람에

겁에 질려 뿌리쳤고 두려움에서 벗어나려고 소각장으로 달려갔다.

심장박동 소리가 선명했지만 가책 때문이 아니었다. 2번이 그를 붙잡았으므로 이제 곧 자신의 몸에서 열꽃이 오르고 고름이 터질지도 모른다는 생각 때문이었다. 그는 온몸에 힘을 주었다. 침이 흐르도록 입을 크게 벌리고 대기 중에 떠도는 소독약과 소각장에서 흘러나오는 연기를 들이마셨다. 연기는 다른 날과 다름없이 맵고 검었다. 그는 참지 못하고 기침을 쏟아냈다. 기침 때문에 눈물이 났다. 소각장의 불꽃은 다른 날보다 오래 지속되었다. 붉은 잔불이 오랫동안 어둠을 밝혔고 재는 영혼처럼 가벼이 공원을 떠돌았다.

얼마 후 까무룩 잠이 들었다가 기침을 하며 깨어난 그는 연기 속에서 누군가 자신을 향해 다가오는 기척을 느꼈다. 분명하지는 않았다. 산책하듯 공원을 돌아다니는 사람이 많았다. 그래도 주의해서 나쁠 게 없으니 기침을 참고 복부에 힘을 주어 몸을 일으켰다. 완전히 일어섰다고 생각한 순간 누군가 그의 어깨를 내리눌렀고 그는 다시 주저앉았다. 주머니에서 칼을 꺼낼 새도 없이 이번에는 옴짝달싹 못할 정도로 사지를 붙들렸다. 누군가 그의 얼굴에 무언가를 뒤집어씌웠다. 숨을 토할 때마다 부직포가 얼굴에 달라붙었다. 그는 그게 무엇인지 알았다. 보디백이었다. 곧 그의 몸이 허공으로 들어 올려졌다. 그는 자루에 갇혀 버둥거렸다. 그러는 동안 불투명하던 그의 미래가 난데없이 선명해졌다. 그는 곧 검은 어둠 속으로 던져질 것이다.

2

아내와 T국을 여행한 적이 있었다. 신혼여행을 제외하면 첫번째 여행이었다. 그때는 예상치 못했지만 결국 마지막이 된 여행이기도 했다. 여행을 계획할 때마다 여러가지 이유로 무산되다가 겨우 성사되었다. 아내가 때아니게 고집을 부려서였다. 그가 업무 일정상 시간을 낼 수 없다고 하자 아내는 혼자라도 가겠다고 했다. 할 수 없이 그는 팀원들의 눈총을 받으며 어렵게 휴가를 냈다. 업무 차질과 비난을 감수하더라도 여행을 가는 게 낫겠다 싶어서였다. 아내와 관계를 회복할 수 있는 기회가 될 테니까.

갑작스럽게 일정이 잡히는 바람에 선택할 여행지가 많지 않았다. 그들은 관광 프로그램이 많은 T국으로 결정했다. 가이드가 소수의 인원을 인솔하는 여행이었다. 몇군데 관광지를 돈 후 쇼핑센터에 들러 이민자가 판매하는 특산물이나 건강식품을 쇼핑하는 프로그램이었다. 그가 제안했다. 그런 일정마저 없이 종일 아내와 둘만 있으면 어색할 것 같아서였다.

T국은 아열대기후인 데다 우기여서 습도가 높았다. 아내는 냉방 중인 차 안에서도 연신 부채질로 땀을 식혔다. 가이드가 그런 아내를 보며 하필 지금이 가장 더운 여름이라고 안쓰러워했다.

"T국은 내내 더운 여름이잖아요."

"T국은 계절이 두개예요. 여름과 더운 여름."

아내가 가볍게 웃었다.

"계절을 셋으로 나누는 사람도 있어요."

가이드가 말을 이었다.

"여름, 더운 여름, 아주 더운 여름."

"지금은 그중 언제예요?"

"아주 더운 여름이죠."

아주 더운 여름답게 찌는 듯 무덥다가 갑자기 무서울 정도로 비가 쏟아졌고 잠시 후 눈이 부시게 햇빛이 났다. 그는 종잡을 수 없는 날씨를 탓하며 찡그리는 아내의 눈치를 보았고 그런 스스로에게 지쳐서 좀처럼 기운을 내지 못했다.

그날도 마찬가지였다. 정오 무렵 요란한 소리로 우박이 쏟아졌다. 가이드가 우천 시에는 코끼리 트래킹이 불가능하다고 했다. 아내는 시내 관광을 제안하고 그는 관광객이 많지 않은 곳으로 가자고 했다.

"예를 들면 어떤 곳이요?"

가이드가 다시 물었고 그는 조용하고 호젓한 곳이 좋겠다고 했다. 그런 곳에서 아내와 얘기를 나누고 싶었다. 정해진 일정대로 빠듯하게 관광지를 둘러보고 호텔로 돌아가면 피곤하여 말수가 줄고 다음 날 이른 일정에 맞춰 곯아떨어지는 일이 계속됐다. 물건을 사러 돌아다니다보면 속내를 털어놓고 얘기할 시간이 없을 것이다. 그들은 다음 날 일찍 귀국 비행기를 타야 했다.

"조용한 곳이라면 사원이 있어요."

"지난번 사원은 관광객이 너무 많았어요. 그런 곳 말고 잘 알려지지 않은 사원이면 좋겠어요."

"그런 곳도 있죠. 북쪽으로 50킬로미터 정도 가면 넓은 숲에 사원이 있어요. 거기는 사람이 적은 대신 원숭이가 많아요. 그래도 괜찮아요?"

원숭이라는 말에 아내가 대뜸 별로라고 했다.

"원숭이가 얼마나 많아요?"

그가 포기하지 않고 물었다.

"거긴 원숭이 숲이에요."

"거기 말고 시내로 가."

아내가 굳은 얼굴로 그에게 말했다.

"나오는 길에 시내에 들르자. 뭐가 무서워. 원숭이가 오히려 사람들을 무서워하지."

차가 숲을 향해 달리는 동안 아내는 입을 다물고 줄곧 창밖을 바라보았다. 그는 아내의 굳은 옆모습을 보며 고집을 부린 것을 후회했다. 하지만 이미 숲으로 가고 있는 이상 가이드 없이 둘만 남겨지기를 바라는 게 나았다.

가이드는 나무가 울창한 숲 입구에 그들을 내려놓았다. 산책로를 따라 사십분 정도면 사원을 보고 올 수 있다면서 입구에서 만날 시간을 넉넉히 정해주었다.

"원숭이를 조심해요."

가이드가 당부했다.

"아무래도 무서워. 그냥 가자."

아내가 부탁하듯 말했으나 그는 아내의 시선을 피했다.

"원숭이가 설마 우리를 죽이기야 하겠어?"

그는 가이드를 뒤로하고 숲 쪽으로 갔다. 체념한 것인지 아내도 그를 따랐다.

먼 데서 한떼의 새가 우는 소리가 들렸다. 숲 입구로 발을 들이고 나서야 그는 그게 새 울음소리가 아니라 원숭이들이 내지르는 소리라는 걸 알았다.

가이드가 그저 넓은 숲이라고 했던 말과 달리 이곳은

밀림처럼 울창했다. 공기만큼이나 빽빽하게 들어찬 나무들이 하늘을 가리며 쭉 뻗어 있었다. 그가 부탁한 대로 가이드는 사람이 많지 않은 숲으로 그들을 안내한 것이다. 사람이 아예 없다는 게 문제였다. 숲에는 나무와 원숭이만 있을 뿐 사람은 전혀 보이지 않았다.

U자형 숲의 중앙 부분에 사원이 있어서 사원을 지나지 않고는 숲을 빠져나갈 수 없는 구조였다. 좁은 길 주위로 잡목이 울창하게 자라 있고 나무와 나무가 뒤엉켜 만든 그늘이 짙었다. 어디서 우는지 알 수 없는 새소리, 그 소리에 반응하는 원숭이의 울음, 바람이 불 때마다 나뭇잎이 흔들리는 으스스한 소리가 가득했다.

"여긴 아주아주 더운 여름 같지 않아?"

그의 농담에도 아내는 대꾸 없이 앞으로 걸었다. 묵묵함 속에서 그는 자신들과 아무 상관없는 어둡고 축축한 숲의 초입에서 그와 아내가 서로 잘 알던 세계로부터 서서히 멀어지는 중임을 실감했다. 그는 두려웠다. 아내와 조금도 멀어지고 싶지 않았다. 아내가 곁에 있기를 간절히 바라게 됐다. 뜻밖에도 그 순간이 바로 찾아왔다. 앞서 걸어가는 아내를 붙잡고 싶었는데, 곧 그럴 수 있게 되었다.

아내가 갑자기 소리를 질렀다. 아내의 얼굴에 검은 물체가 달라붙어 있었다. 그가 달려갔지만 검은 물체는 나무의 그림자인 양 금세 사라졌다. 그사이 아내가 머리에 띠처럼 얹어두었던 선글라스가 없어졌다. 원숭이 짓이었다. 아내는 겁을 먹고 그의 옆에 꼭 붙어 섰다. 아내가 힘을 주어 그의 팔을 잡았으나 노인들이 지팡이에 의지해 걸음을 옮기는 것 이상의 의미는 없어 보였다. 그럼에도 팔뚝에 전해지는 아내의 온기를 어쩐지 오래 기억하게 될 것 같았다.

그게 시작이었다. 사원을 향해 가는 동안 그들은 가진 것을 하나씩 잃었다. 다음에 만난 원숭이는 아내의 모자를 채어 갔다. 이번 일도 순식간에 벌어졌다. 그는 아내의 모자를 되찾으려고 원숭이를 쫓아 달렸다. 드물게 사람이 눈에 띄었으나 관광객인지 사원의 관리인인지 구별이 되지 않았다. 그들은 원숭이를 쫓아 나무 위를 쳐다보며 달리는 그를 무심히 바라보았다. 흔한 광경인 듯했다.

그는 곧 달리는 일을 관두었다. 원숭이가 나무를 타고 깊은 숲으로 들어가버렸는데 그리로 따라 들어갔다가는 더 많은 원숭이를 만나거나 울창하고 그늘진 데서 길을 잃을 것 같았다.

숨을 고르며 아내에게 돌아가는 그에게 원숭이 두마리가 달라붙었다. 한마리는 양팔을 벌리고 그의 얼굴을 감쌌다. 그는 간신히 얼굴에 붙은 원숭이를 떼어내고 몸에 멘 가방을 채 가려는 원숭이도 떼어냈다. 선글라스는 잃어버렸지만 가방은 지킬 수 있었다.

그는 자신의 선택을 후회하며 숲 입구를 돌아보았다. 그들이 온 길은 울창한 나무에 가려 보이지 않았다. 숲을 빠져나가려면 사원까지 가는 수밖에 없었다. 그는 할 수 없이 걸음을 재게 옮겼다. 사원은 좀처럼 나타나지 않았다. 가도 가도 검은 나무숲뿐이었다. 갈수록 더 많은 원숭이가 나타났고 그때마다 거머리처럼 달라붙는 원숭이를 떼어내야 했다. 원숭이들은 단지 두 사람을 놀리려고 나타나기도 했다. 느닷없이 나뭇가지를 타고 넘다가 툭 떨어지는 시늉을 해서 놀라게 했고 풀숲에서 튀어나와 발목을 잡았다. 꼬리로 뒤통수를 후려치고 달아나기도 했다.

키 높은 나무 사이로 어렴풋이 사원의 둥근 지붕 꼭대기가 보였다. 안도하며 걸음을 옮기는데 다시 원숭이 두 마리가 그를 덮쳤다. 원숭이들은 그의 팔을 꽉 붙들고 장난삼아 몸 여기저기를 찔렀다. 그저 놀리려는 것이라면 괜찮겠지만 귀가 찢어질 듯 괴상한 소리를 지르더니 그가 가슴에 부둥켜안고 있던 가방을 빼앗으려 들었다. 가방에는 그의 여권과 지갑이 들어 있었다. 호텔 금고에 넣어두라는 아내의 말을 듣지 않고 가방에 넣어 온 것이었다.

그가 아무리 힘을 주어도 원숭이들은 가방을 놓지 않

았다. 얼마 버티지 못하고 가방을 놓쳤지만 나무를 타려는 원숭이의 꼬리를 잡았다. 매끈하게 이어진 꼬리를 놓치지 않으려고 할 수 없이 원숭이의 뻣뻣한 털을 입에 넣었다. 거대한 벌레가 입 안에서 꿈틀대는 느낌이었으나 눈을 질끈 감고 이를 힘껏 악물었다. 더러운 냄새가 나는 질긴 가죽이 연약한 뼈와 함께 씹혔다. 으드득 하는 소리가 그의 머리통에서 크게 울렸다. 평생 이 소리를 잊지 못할 듯했다. 입 안에 가득한 뻣뻣한 털의 감촉과 뼈가 바스라지는 소리, 벌린 입에서 흘러내리는 침의 누진함도 잊히지 않을 것이다.

원숭이가 온몸의 털을 세우고 괴이한 소리로 울어대며 몸부림쳤다. 그는 원숭이를 꽉 부둥켜안고 주위를 더듬었다. 길고 단단한 나뭇가지가 손에 잡혔다. 그는 힘을 줘 가지를 부러뜨린 다음 그것으로 원숭이의 등을 찔렀다. 빗나갔다. 그렇게 쉬울 리 없었다. 그는 닥치는 대로 원숭이를 찔렀다. 원숭이가 찔리기도 하고 원숭이를 붙든 그의 팔뚝이 찔리기도 하고 아예 빗나가기도 했다. 나뭇가지가 그의 허벅지를 찔렀을 때는 죽을 듯 아팠지만 원숭이를 죽일 수 있다면 자신은 어떻게 돼도 상관없다는 심정이었다. 뒤늦게 달려온 아내가 비명을 질렀다. 아내의 소리인지 원숭이의 비명인지 그의 울부짖음인지 알 수 없는 소리가 공명하면서 숲이 길게 울었다.

원숭이가 기력을 잃고 몸을 축 늘어뜨리고 나서야 그는 원숭이를 잡고 있던 손을 놓았다. 죽은 듯 처져 있던 원숭이가 재빨리 몸을 일으키더니 나무로 기어 올라갔다. 그는 나무를 타고 사라지는 원숭이를 멀거니 바라보았다.

몸 여기저기가 쑤셨다. 나뭇가지에 찔린 팔과 허벅지가 욱신거렸다. 어쩌면 뼈가 부러졌는지도 몰랐다. 나무에 찔린 허벅지에서 피가 흐르는지 바지가 검붉게 물들었다.

그가 원숭이와 뒤엉켜 육탄전을 벌이는 동안 다른 원숭이가 쉽게 가방을 채어 갔다. 그는 결국 가방을 잃었고 그러고 나서야 필사적으로 지키려던 것은 가방이 아니었음을 깨달았다. 원숭이의 꼬리를 씹고 팔뚝과 허벅지를 찌르면서까지 지켜야 할 것은 아내 말고 없었다.

그는 갑자기 아내에게 화를 내기 시작했다. 피투성이가 된 후에도 더는 아내를 지킬 수 없다는 생각 때문이었다. 결국 여권과 지갑을 지켜내지 못한 것처럼 이보다 더한 상처를 입어도 아내를 지키기 어려울 듯했다. 게다가 이 모든 일은 전적으로 자신이 선택한 대가였다.

출구로 나오는 동안 그는 이제 아무것도 없는 자신들에게 더는 달라붙지 않는 원숭이를 노려보았다. 불쑥 아내를 비난하기도 했다. 근거도 없는 그의 말을 아내는 무심히 들었는데 그 묵묵한 태도가 못마땅해서 더 화가 났다. 팔을 다치지 않았다면, 원하는 대로 팔을 들거나 힘을 줄 수 있었다면 주먹을 휘둘렀을지도 몰랐다.

나중에 사원에서의 일을 떠올리며 그는 낯선 자신의 모습에 흠칫 놀랐다. 흉기라고는 들어본 적도 없으면서 원숭이를 죽일 작정으로 나뭇가지로 찔러댄 일이며 그러느라 자신이 상하는 것을 기꺼이 감내한 일, 오로지 분을 삭이려고 혼자만의 의심을 기정사실화하여 아내를 비하하고 기력이 남아 있었더라면 아내를 때렸을지도 모른다는 생각은 그를 두고두고 부끄럽게 했다.

아내는 가이드의 도움으로 붕대와 약을 구해다 그를 치료해주었지만 다음 날 금고에 넣어둔 여권을 꺼내어 예정대로 출국했다. 그는 혼자 남아서 말도 통하지 않는 현지 병원을 다니며 치료를 받았다. 대사관을 통해 여권을 재교부받기까지 홀로 숙소에 머물며 룸서비스로 식사를 때우고 자신을 혐오하며 시간을 보냈다.

그후 화가 치밀어오를 때마다 얼굴에 거머리처럼 달라붙던 원숭이가 떠올랐다. 그러면 그게 어디건 원숭이의 구린내가 느껴져 두통이 나고 두려움이 일었다. 약탈꾼 원숭이 때문이 아니라 자신이 저지른 악랄한 행동 때문이었다.

*

그는 번쩍 눈을 떴다. 눈앞이 깜깜한 게 얼굴에 원숭이가 달라붙은 듯했다. 그는 냄새를 풍기는 원숭이를 떼어내기 위해 얼굴을 마구 때렸다. 또다시 원숭이에게 뭐든 뺏길 수는 없었다. 다행인 점은 숲이 아무리 길고 어두워도 언젠가 길이 끝난다는 것이었다. 약탈하는 원숭이를 여럿 만난다고 해도 말이다. 무엇보다 그는 끝이 언제인지 알고 있었다. 모든 것을 다 잃으면 끝이었다.

드디어 원숭이가 불쾌한 소리를 내며 침을 뱉고 그에게서 떨어졌다. 서서히 숲이 지워지면서 검고 시커먼 나무 그늘도 옅어졌다. 털이 긴 원숭이 한마리가 그를 이리저리 살펴보고 있었다. 원숭이가 그의 두 팔을 들어올렸다. 그의 몸이 원숭이가 이끄는 대로 움직였다.

"아직이군."

원숭이가 말했다. 아직 살아 있다는 뜻인지 아직 죽지 않았다는 뜻인지 알 수 없었다. 눈앞에 어른대는 것은 원숭이가 아니었다. 머리카락이 희끗하고 오래 깎지 않은 수염이 얼굴을 뒤덮은 노인이었다. 원숭이와 별반 다르지 않은 몰골이었다.

노인은 그를 이리저리 돌려 입고 있는 셔츠를 벗겨냈다. 쓰레기 더미에서 찾아낸 단체복으로 가슴에 몰의 이름이 수놓인 셔츠였다. 노인은 자신의 낡은 옷을 벗고 그에게서 벗겨낸 옷으로 갈아입었다.

그는 주머니에 넣어둔 칼을 찾아 힘겹게 바지를 더듬었다. 그제야 한참 허공에서 버둥대다가 차가운 물에 던져진 걸 기억해냈다. 공원에서 가까운 거리에 작은 하천이 있었다. 소각이 끝난 직후여서 공원 사람들이 그곳을 선택한 것 같았다. 보디백을 타고 흐르다 하수로 빨려 들어왔을 것이다.

다행히 칼은 그대로 있었다. 그는 칼이 언젠가 자신을 지켜줄 때가 있으리라고 예감했다. 목숨을 부지하는 일이 전적으로 그 무딘 칼 한자루에 달린 순간이 올 것이다. 이제껏 아무 일도 하지 않았고 앞으로도 해야 할 일이 없다면 좋겠지만 말이다.

몸을 일으키려다 머리를 부딪혔다. 누군가 자신의 머리를 내리친 줄 알고 하마터면 무릎을 꿇고 살려달라고 빌 뻔했다.

"처음에는 다 그래. 며칠 지나야 머리통이 기억해. 안 부딪힌다는 게 아니라 덜 아프게 되지."

그 말이 아니었다면 그는 노인이 자신을 눌러앉혔다고

생각했을 것이다. 머리 위로 굵기가 다른 파이프들이 복잡하게 늘어서 있었다. 기둥과 천장은 산(酸)에 의해 부식해 콘크리트가 떨어져 나가 너덜거렸고 이끼가 낀 돌 벽은 습하고 미끄러워 보였다. 지상에서 떨어진 물이 곳곳에 진창을 이루고 있었다. 누운 곳에서 멀지 않은 지점에 석유처럼 검은 하수가 흘렀다.

노인이 그에게서 벗겨낸 웃옷을 입고 앉은걸음으로 안쪽으로 들어갔다. 노인을 따라갈 생각으로 몸을 구부리는데 오른쪽 다리가 제대로 펴지지 않았다. 하수를 따라 흐르다 심하게 부딪힌 모양이었다. 그는 다리를 끌며 노인을 뒤따랐다. 그가 공격하려는 줄 알았는지 노인이 움찔하며 돌아보았다.

그는 노인을 안심시키기 위해 허리를 구부리고 걸었다. 노인은 그가 옷을 되찾아갈 생각이 없는 걸 알고는 직경이 1미터는 될 법한 큰 파이프 아래로 걸어 들어갔다. 그는 노인에게서 멀찍이 떨어져 앉았다. 거대한 기계가 작동하는 소리가 들렸으나 비교적 따뜻하고 냄새도 덜했다. 노인은 이내 등을 돌리더니 코 고는 소리를 냈다. 그를 상대하지 않으려고 잠든 척했다.

다리의 통증만 아니라면 그럭저럭 편안했다. 이곳에서 안정감을 느끼는 자신에게 깊은 굴욕을 느끼면서도 어디로든 내쫓길 염려가 없다는 생각에 마음이 놓였다. 이제 더 깊은 암흑 속으로 내던져지는 일은 없을 것이다. 이곳만 한 암흑은 없을 테니까.

*

멍하니 하수를 바라보고 있노라면 공원에서 여기로 흘러든 것처럼 언젠가 다시 검은 물속으로 들어가게 될지도 모른다는 생각이 들었다. 그 물에 몸을 담그고 반대편으로 달아나야 할 일이 생길지도 모르고 죽지 않고자 그 물을 마셔야 하는 순간이 올지도 몰랐다. 물론 지금 당장의 일은 아니었다. 곧 닥칠 수도 있겠지만.

걱정하는 것은 아니었다. 그런 일까지 미리 염려하기에 미래는 너무 까마득했다. 그가 생각할 수 있는 건 오로지 과거의 시간이었다. 현재는 버티는 것만으로도 벅찼다. 미래는 짐작할 수 없을 만큼 멀고도 멀었다. 어차피 그가 미래에 대해 아는 것은 그것이 아직 오지 않은 시간이라는 것뿐이었다.

그는 죽음을 앞둔 노인이 하루 종일 지나간 생애를 곱씹듯 석유처럼 검은 하수를 바라보며 과거를 떠올리는 일에 매달렸다. 그의 머리에 가득 찬 과거는 온통 사소하고 볼품없는 것뿐이었다. 그 순간에는 미래의 어느 날 그가 몸서리치며 그리워하리라고는 짐작조차 못했을 일이었다. 어느 한해의 마지막 밤, 전처가 학생들이 모두 돌아간 피아노학원에서 조율이 안 된 피아노로 연주해주던, 그래서 울먹이는 것처럼 들리던 쇼팽의 소나타, 떨면서 전처를 처음 안았던 모텔의 파란 구름 벽지, 삐걱거리던 공중관람차에서 함께 바라본 풍경 같은 것들이었다.

어린 시절 뛰다가 넘어져 부러진 앞니와 그 앞니를 지붕으로 던지며 새에게 물어 가라고 빌던 어머니의 조용한 기도도 떠올랐다. 맨홀 틈새로 스며든 빛이 만들어낸 먼지기둥을 볼 때면 햇빛이 길게 드리운 마루에서 전처가 그의 발톱에 매니큐어를 발라놓고 웃음을 터뜨리던 모습이 그려졌다. 발톱이 두꺼워 섬세한 붓질을 느낄 수 없었지만 고개를 수그린 아내의 머리카락이 발등에 닿으면 간지러워 웃음이 났다. 매니큐어를 바른 것을 잊고 부서 사람들과 사우나에 갔다가 놀림을 당하기도 했다.

그 일들로부터 수년이 흐른 지금, 그는 아내와 함께 구름 속을 걷게 한 파란 벽지 때문에 눈물이 날 것 같았다. 건반을 누를 때마다 음이 떨렸지만 아내가 그를 위해 연주한 소나타 때문에, 작은 이를 소중하게 던져 올리며 기도하던 어머니 때문에, 빨간색 매니큐어를 바른 발톱 때문에 울 것만 같았다.

지나간 생애가 너무나 시시하고 볼품없어서, 그런 인생에 회한이 느껴져서는 아니었다. 사소하고도 하찮은 일로 가득한 나날로부터 멀어졌다는 생각 때문이었다. 그의 불행은 이처럼 사소한 순간으로 다시 돌아갈 수 없으리라는 서글픔에서 비롯되었다. 그 시간으로 돌아갈 수 없다는 절망이 그를 짓눌렀다.

*

밤이면 어둠 속에 몸을 감춘 것들이 지상에서 스며드는 흐릿한 불빛 아래 윤곽을 드러내며 조용히 움직였다. 얼핏 쥐라고 생각했지만 사람이었다. 더럽고 어두운 곳에서 익숙하게 움직인다는 점에서 덩치 큰 시궁쥐와 다름없었다. 하수도에는 쥐만큼이나 많은 사람이 살고 있었다. 공원에서 만난 사람들이 대부분 본래 노숙인이었던 것과 마찬가지로 전염병이 돌기 전부터 이곳에 살던 사람들이라고 했다. 그들은 나름대로 제 구역을 갖추고 주운 물건들로 살림을 꾸려놓았다. 매트리스를 깔고 낮은 장을 가져다 옷을 담았다. 빗물이 떨어지는 지점에 일그러진 대야를 받쳐놓고 물을 받아 몸을 씻었고 파이프 사이에 끼워 넣은 깨진 거울조각을 보며 머리를 빗었다.

한편으로 그들은 아무 데서나 트림을 하고 용변을 봤다. 그 때문에 곧잘 싸움이 벌어졌는데 놀리는 쪽이나 놀림을 당하는 쪽이나 언제든 입장이 바뀔 수 있어서 싸움이 오래가지는 않았다.

노인은 가끔 혼잣말하듯 그에게 말을 걸었지만 딱히 대꾸를 기다리지는 않았다. 그래도 간혹 그가 알아듣기를 바라듯 괜한 말을 덧붙이며 이런저런 얘기를 해주다 어느 날 드디어 그에게 질문을 던졌다.

“자네를 뭐라고 부르는 게 좋겠어? 부를 일이 종종 생길 텐데.”

그는 잠자코 노인을 바라보았다. 노인이 조르듯 말했다.

“이름을 알아야 빵이라도 나눠 먹을 게 아닌가.”

“아무렇게나 부르세요.”

그가 처음으로 입을 열어 대답했다.

“역시 먹을 걸 준다니까 말을 하네. 외국인이야? 억양을 들어보니 그렇군. 입을 다물고 있던 이유를 알겠어. 무턱대고 외국인을 싫어하는 사람이 있거든. 외국인이 전염병을 옮긴다는 소문도 있었어. 뭐든 나쁜 건 남의 탓을 하니까. 자네도 병에 걸렸나? 그래서 여기까지 온 거야?"

그는 고개를 저었다.

"시궁창을 떠내려 왔는데도 멀쩡하면 더 이상한 거지. 설사도 병이야. 자네 요새 계속 고생하는 걸 봤어. 여기서 지내다보면 어딘가 반드시 아프게 되지. 그나저나 자네를 뭐라 부를까. 외국 이름은 내가 잘 까먹어서 말이야. 평범한 이름이 좋아. 그래야 기억하기도 쉽고 잊어버리기도 쉬워."

그는 이미 의미가 없어진 자신의 이름을 가르쳐줄까 하다가 관두었다.

"몰 어떤가? 옷에 그 이름이 새겨져 있었어. 지금은 내가 입고 있으니 날 그렇게 불러도 좋지. 내 이름은 워낙에 수시로 바뀌니까."

"몰."

"어때? 마음에 들어? 흔한 이름이라야 써먹을 데가 많아."

그는 고개를 끄덕였다. 마음에 들었다. 몰은 그가 만나야 할 이름이고 이 나라에서 유일하게 아는 이름이니까.

노인은 약탈자가 나타났을 때 아마도 그가 조력자가 되리라 생각하는 듯했다. 주위로 다가오는 발걸음 소리만 들려도 눈을 부릅뜨는 노인은 짐을 넣은 배낭을 베고 잤다. 지상에 올라가야 할 일이 있으면 당장 배낭부터 맸다. 그런 두려움이 무색하게 배낭에 든 살림은 볼품없었다. 바닥이 해진 돗자리와 지린내 나는 담요, 모가 휜 칫솔과 그릇으로 사용하는 코펠 세트가 전부였다.

노인이 부스스 몸을 일으켜 바닥의 한기를 피하려고 깔아둔 합판 아래쪽으로 걸어가 오줌을 눴다. 그러고는 다시 자리로 돌아가 비닐봉지에서 먹을 것을 꺼내 허겁지겁 먹기 시작했다.

노인은 그에게 음식을 나눠주지 않았다. 그 역시 음식을 얻어먹을 생각이 없었다. 어차피 쓰레기를 뒤져 음식을 구해야 한다면 나이로 보나 체력으로 보나 그에게 가능성이 더 많았다.

어느 날 밥을 먹던 노인이 비명을 지르며 그가 있는 쪽으로 코펠을 집어던졌다. 그를 겨냥하고 던진 것은 아니었다. 노인은 쌀쌀맞기는 해도 괴팍한 성격은 아니었다. 바닥으로 떨어진 코펠에서 쌀로 된 음식 한덩어리가 떨어졌다. 기묘한 흰빛이 눈길을 끌었는데, 바닥에 뒤집힌 코펠이 덜렁거리며 움직이더니 이내 쥐가 모습을 드러냈다. 그는 재빨리 코펠 손잡이를 쥐고 쥐를 때려잡았다. 오래 전 처음으로 쥐를 잡은 이후 두번 다시 잡지 않겠다고 결심했음에도 본능적으로 움직였다.

"자네 정말 빠르군."

노인이 진심으로 감탄한 듯 그를 쳐다봤다.

노인뿐 아니라 하수도 사람들 대부분 더러운 건 참아도 쥐는 못 견뎠다. 그들이 먹어야 할 것을 쥐가 먼저 차지하는 탓이었다.

그는 노인에게 쥐를 죽인 코펠을 건네주었다. 노인은 저절로 씻겨나가도록 코펠을 물에 담갔다. 여러번 코펠을 들어 상태를 확인한 끝에 적당히 씻겨 나가자 물기를 닦고 다시 음식을 덜어 먹었다.

그날부터 노인은 쥐가 나타나면 그를 불렀다. 처음에는 내키지 않았지만 이내 자발적으로 눈에 띄는 쥐를 잡으며 시간을 보내게 됐다. 다리의 통증이 아물기를 기다리며 눕거나 앉아서 지내자니 무료해서였다. 쥐를 잡을 때에만 자신이 쥐가 아니라 인간이라는 생각이 들어서 쥐를 잡으려 더욱 애썼다. 낮에는 잠깐씩 하수도 이곳저곳을 다니며 먹을 것을 구했다. 질질 끌리는 다리가 거추장스러워 마땅한 걸 찾기 어려웠다. 가급적 조금만 먹고 적게 움직였다.

쥐를 잡으려면 우선 통로를 파악해야 한다. 통로를 찾는 일은 생각보다 간단했다. 쥐들은 늘 다니는 길로만 다니기 때문에 얼마간 시간을 들여 관찰하면 금세 알 수 있었다. 쥐는 먹이를 찾으러 가는 통행로를 일정하게 정해 놓고 거기에서 한눈을 팔지도 않고 궤도를 벗어나지도 않는다. 같은 장소에 나타나는 쥐라면 동일한 쥐일 가능성이 높았다.

일단 쥐가 나타날 법한 통로 근처에 웅크리고 앉아 기다렸다. 그의 기다림과 상관없이 쥐들은 내키는 대로 모습을 드러냈다. 경계심으로 주위를 두리번거리는 쥐를 한 번에 때려잡을 때는 후련한 기분이었다.

하수도에서는 사소한 이유로 번번이 다툼이 일어났는데 그는 싸움에 휘말리지 않았다. 쥐 때문이었다. 하루 종일 쥐를 잡으려고 구석을 지키고 있는 그에게 시비를 거는 사람은 없었다. 쥐가 나타날 때면 손에 잡히는 대로 물건을 내리치고 잡히는 게 없으면 맨손으로 쥐를 잡으려는 걸 본 사람들은 그에게 눈살을 찌푸렸다. 그가 잡는 게 쥐뿐이 아니라고 생각하는 듯했다.

잡은 쥐는 달리 버릴 데가 없어 아래쪽에 쌓아두었다. 어차피 죽었으니 어디에 버려도 상관없었다. 죽은 자리에 그대로 있어도 괜찮았다. 사람들은 죽은 쥐에게 별 신경을 쓰지 않았다. 인상을 쓰는 게 전부였다. 산 쥐보다 죽은 쥐가 안전했다. 죽은 쥐는 그들을 괴롭히지 않고 먹이도 탐내지 않았다.

간혹 하수를 타고 시신이 떠내려 오면 사람들은 스스럼없이 시신을 건져내 가져갈 게 있나 살펴보았다. 죽은 사람은 더럽고 불결하지만 해를 가하지 않았다. 먹을 것을 빼앗거나 손해를 끼치는 것은 모두 산 사람이었다. 그게 무엇이든, 내장이 터져 죽은 쥐라고 해도 일단 죽고 나면 산 사람에게 아무런 피해를 주지 않았다.

*

거리는 여전히 쓰레기로 가득 차 있었다. 봉투가 터져 내용물이 드러난 쓰레기, 아스팔트 바닥에 남은 얼룩, 희뿌연 소독약 잔해들은 이전과 다를 바 없었다.

그럼에도 어딘지 낯설었는데 그 느낌이 어디서 기인하는지 이내 알아차렸다. 그는 쓰레기로 가득 찬 인도 한복판에 우두커니 서 있다가 거대한 수거차량의 클랙슨 소리에 떠밀려 길을 비켜줬다. 방치된 쓰레기가 제대로 수거되기까지 어떤 합의 과정을 거쳤는지 알 수 없지만 차량에서 내린 방역복 차림의 두 사내가 인도에 늘어선 쓰레기들을 입 벌린 차량으로 던져 넣고 있었다.

상점 역시 대부분 정상 영업을 하고 있었다. 드나드는

손님이 많지는 않았으나 여느 도시의 상가 풍경과 다를 바 없었다. 여전히 쓰레기가 있고 방역복 차림이 자주 눈에 띄기는 해도 조용한 활기가 느껴졌다.

정오가 되자 한무더기의 사무원들이 건물 밖으로 쏟아져 나왔다. 그들은 쓰레기를 피해 이곳저곳의 식당으로 들어갔고 가게 입구에 줄을 서서 차례를 기다렸다. 그는 의아한 기분으로 일사불란하게 식사하러 가는 사람들을 지켜보았다. 그가 하수도에서 생활하는 동안에도 여느 날과 다름없는 일상이 유지되고 있었던 것이다. 사람들의 태평한 태도로 미루어보면 오늘뿐만 아니라 어제도 그제도, 그가 머물던 숙소가 집단감염의 우려로 격리되고 전염병으로 인한 사망자가 다수 발생하고 감염자가 폭발적으로 확산된 날에도, 그가 쓰레기 더미로 투신하여 방역차 지붕에 매달려 갈 때에도, 다리가 아물기를 기다리며 하수도에서 쥐나 잡으며 시간을 보낼 때에도 다른 사람들에게는 일상이 지속되고 있었던 것이다.

높은 감염률과 높아져가는 사망률과 개발되지 않은 백신 소식에도 불구하고 일상은 면역력 높게 유지되고 있었다. 전염병이 도는 시기라고 해도 배워야 할 게 있었으며 진학할 상급학교가 있었고 그러려면 학교와 학원에 다녀야 했다. 수출할 상품이 있었고 적당히 마진을 붙인 수입

품이 있었다. 사업의 지속을 위해 만나야 할 거래처 사람이 있었다. 감염자가 폭발적으로 늘면서 휴교령이 내려졌으나 학생들은 여전히 대형 학원에 다니며 감염에 노출되었다. 일부 대학의 입시설명회에 수천명의 학부모가 모여들었고 당국의 권고를 무시하고 개최된 한 대기업의 취업박람회에 청년 구직자들이 찾아왔다. 집단감염자가 발생한 사업장은 직장폐쇄 권고가 내려졌으나 무턱대고 권고를 따르다가는 도산 위기에 몰릴 수 있어 감염 사실을 감추거나 감염자를 퇴출시켰다. 전염의 가능성은 높고 사망자는 점점 늘어갔으나 병에 걸릴지 아닐지, 병에 걸린다고 해도 죽을지 안 죽을지 모를 일이니 하던 일은 해야만 했다.

*

경비들은 여전히 전신 방역복 차림으로 서 있었다. 그는 경비에게 다가가 신청서 처리를 확인하고 싶다고 했다. 여러번 연습했음에도 말하는 도중 몇번인가 더듬거렸다. 경비는 그의 몰골에도 불구하고 내쫓기보다 얘기를 들어주기로 한 듯 무슨 일이냐고 천천히 물었다.

그가 다시 면담 신청서 얘기를 꺼내자 경비는 따라오라며 카운터 쪽으로 갔다. 경비가 연 서랍에는 먼젓번과 다름없이 면담 신청서가 잔뜩 쌓여 있었다. 경비는 서랍의 신청서를 시간을 들여 한장 한장 넘겨가며 그가 작성한 서류를 찾았다. 그의 문의에 성의 있게 응대하려는 태도는 아니었다. 그 일이 자신의 고유한 권한임을 과시하는 것 같았다.

"신청서는 여기 없습니다."

서랍을 닫으며 경비가 말했다.

"언제 제출했습니까?"

그는 고개를 저었다. 하수도에서 지내는 동안 제대로 날짜를 헤아리지 못했다. 그저 날씨로 미루어 보건대 한 계절쯤 지났거니 짐작했다.

"그걸 모르면 확인하기 어려워요."

"분실된 겁니까?"

"그럴 수도 있고 아닐 수도 있어요. 신청서가 여기 없는 게 좋은 소식일 수도 있고 나쁜 소식일 수도 있으니까요."

"어떤 게 좋은 소식입니까?"

"처리 중이라는 의미니까요. 승인이 나면 연락이 갈 겁니다."

"나쁜 소식이라면요?"

"상부 검토 전에 불미스럽게 신청서가 폐기되었을지도 모른다는 거지요. 워낙 신청자가 많다보니 종종 그런 일이 일어납니다."

"그중 어느 경우인지 알 수 있나요?"

"알 수 없습니다."

"내가 물어볼 사람은 당신뿐입니다."

"저는 일개 경비에 불과합니다. 아시다시피 방문객을 안내하고 신청서를 받아 접수하고 어느 정도 모이면 상부에 올리는 일을 합니다. 하지만 대부분 친절한 표정으로 그저 여기 서 있는 게 전붑니다. 아, 다른 일도 합니다. 로비 바닥에 휴지가 떨어져 있으면 줍고 화장실이나 엘리베이터 위치를 묻는 사람에게 안내를 하고 비가 오는 날은 바닥의 얼룩도 닦습니다. 그런 날이면 꼭 로비는 회사의 얼굴이라는 얘기를 듣거든요."

"일이 아주 많아 보입니다. 신청서가 쌓이는 것만 봐도 그렇죠."

"상부 담당자에게 처리 결과를 물어볼 수는 있어요."

"그건 어떻게 하면 됩니까?"

"담당자를 만나려면 여기 이 신청서를 쓰고……"

"꼭 만나야 합니다."

"네, 이해합니다. 꼭 만나야 하기 때문에 신청서를 쓰고 승인을 기다리죠. 게다가 모든 신청서는 제각기 긴급한 문제가 얽혀 있습니다. 급한 일이라면 약속을 하고 오면 간단할 텐데 말이에요. 전염병이 퍼지기 전만 해도 이 건물에 수백명의 사람들이 일하고 있었어요. 지금도 일부 감염자가 퇴출되었지만 대부분은 아주 바쁘게 일하고 있습니다. 한동안 직원들 상당수는 아예 건물 밖으로 나오지 않았어요. 건물 안에서 모든 걸 해결했죠. 가족을 만나지 못하는 게 유일한 흠이었지만 그렇게 자발적으로 고립되어 업무를 처리하는 동안 전염병으로부터 안전할 수 있었죠. 다른 문제가 생기기는 했지만요."

"다른 문제요?"

"어디나 그런 일이 있어요. 한때 건물 밖으로 나오는 사람들은 감염자로 의심되어 퇴출되거나 자발적으로 쉬려는 사람들이었어요. 그러니 이 건물은 거대한 무균실로 남은 거죠. 직원들을 만나러 혹은 다른 용무로 많은 사람들이 신청서를 쓰러 와요. 당신을 포함해서 그런 사람들이 하루에도 수십장의 신청서를 남기죠. 그 신청서를 처리하기 위해 임시 직원을 선발했을 정도예요. 어떤 사람은 직원의 부모님 사망 건으로 찾아왔어요. 사망진단서와 가족관계증명서도 제출했지만 예외 없이 신청서를 작성했어요. 야박해 보여도 규칙이니까 어쩔 수 없었어요. 사정을 봐줘야 한다면 사연을 듣고 판단하는 사람을 채용해야 했을 걸요. 하여튼 신청서를 쓰라고 한 나만 비난을 받았어요. 나에겐 그들을 통과시킬 재량이 전혀 없는데 말이에요. 신청이 밀려 접수가 늦어지는 바람에 장례가 끝난 후 허가가 떨어졌어요. 어떤 사람은 아들이 교통사고가 나서 수혈이 필요한 상황이었죠. 내가 그의 신청서를 재가하는 게 아니지만 우리 중 누구에게도 뭔가를 결정할 권리가 없는 건 마찬가지예요. 그때도 역시 허가를 받기까지 시간이 좀 걸렸어요. 모든 일이 다 그렇듯 여기도 절차가 있으니까요. 결국 아버지인데도 수혈을 하지 못했죠. 들리는 말로 그들 부자는 희귀 혈액형이라고 하던데요. 물론 과장된 소문일 수도 있어요. 자, 어때요? 아직도 긴급한 상황인가요? 그렇다면 제가 도와드리죠. 당신 신청서를 여기 쌓여 있는 신청서 맨 위로 올려줄게요. 내가 도울 수 있는 일은 그게 전부예요. 그 다음은 상부에서 맡을 겁니다. 신청서가 처리되는 방식은 알 수 없어요. 아, 제 말 알아듣습니까? 당신이 외국인인 걸 깜박했군요."

경비가 상냥한 미소를 지었다. 경비에게 더 질문을 던질 수도 있었다. 상부의 처리 결과를 확인하려면 얼마나 기다려야 하는지 혹 기각된 거라면 다시 신청서를 작성해야 하는지 따위의 질문 말이다. 그러나 순전히 직업의식에서 비롯된 기계적인 응대와 자신과 무관한 일에 내보이는 이해심 앞에서 어떤 질문도 소용없었다.

그는 쉽게 로비를 떠나지 못하고 서성였다. 잠시 후 비교적 말끔한 차림의 남자가 며칠 전에 쓴 신청서가 여태 상부에 올라가지 않은 사실에 대해 경비에게 항의하고 경비가 그에게 했던 긴 이야기를 다시 시작하는 것을 듣고서야 자리를 떴다.

정상적인 절차를 거치지 않으면 몰과의 면담이 불가능했다. 종일 본사 건물 앞에 버티고 서서 우연히 몰과 만나기를 기다리는 방법도 있었다. 그는 몰과 두차례 전화통화를 나눈 게 다였다. 그의 외국어 실력으로는 대화를 나눴다고 보기 어려운 처지였다. 몰이 바로 앞으로 지나가도 알아볼 수 없을 것이고 설혹 방금 얘기를 나눈 경비가 몰이라고 해도 알아차리지 못할 것이다.

*

“방법이 없는 건 아니야.”

노인이 말했다.

“신분증이 없으니 돌아갈 수도 없어요.”

노인이 피식 웃었다.

"신분증이라니, 공무원이 되려고? 나는 연민은 있어도 관용은 없지. 불쌍한 사람은 봐줘도 어리석은 사람은 못 봐줘. 내가 가장 싫어하는 사람이거든. 어리석어서 상황을 이해 못하는 건데 사람들은 선하거나 순진하기 때문이라고 생각하지. 일을 망치는 건 결국 그런 사람들이야."

노인이 자신더러 어리석다고 말하는 듯해서 그는 잠자코 있었다. 맞는 얘기였기 때문이다.

"자네 혼자 할 수는 없을 거야. 아무것도 모르고 덤볐다가 간신히 나은 다리가 다시 부러지겠지."

"다리를 써야 하는 일인가요?"

"쓸데없는 소리를 하는 거 보니 급하지 않군."

노인이 누런 이를 드러내며 웃었다.

"간단해. 돈이야."

그가 실망한 얼굴을 하자 노인이 어깨를 으쓱했다.

"돈이 소용없어 보이는 때일수록 돈이 귀하지. 지금이 바로 그런 때라는 걸 알겠나?"

그는 뭔가 더 말해주기를 기다리며 노인을 보았다. 노인이야말로 그에게 돈이 한푼도 없다는 걸 가장 잘 아는 사람이니까.

"항구에 가본 적 있어? 배를 타본 적은?"

그는 고개를 끄덕였다.

“자네가 이제껏 탔던 것과 완전히 다른 종류의 배를 탈 수 있어. 여객선이 아니라 화물선이야. 자네를 수출하는 거지. 나무 상자에 상품처럼 포장해서 송장도 붙이고.”

“화물이 되어야 한다니. 돈을 벌 수도 있겠네요.”

“자네같이 더러운 사람을 누가 사겠나. 그저 상자에 담기기만 하는 거야. 그냥 들어가기만 한다면 관리자 두어 명에게 몇푼 집어주면 그만이지만, 장치가 필요해. 자가 호흡장치라나. 그런 걸 달고 들어가는 거야. 그게 있어야 배 안에서 한달을 지내도 죽지 않고 버틸 수 있대. 그러니 돈 아깝다 생각하지 말아야 해. 브로커들이 괜한 일을 하는 건 아니니까.”

실제로 그런 방법으로 밀항을 시도한 사람이 있다고 했으나 노인 역시 누군가에게 들은 얘기였다. 그에게는 전혀 실효성이 없었지만 상자에 담겨 모국으로 돌아가는 상상을 하자 조금 들뜨기도 했다. 그런 마음은 뜻밖이었다. 미래를 기대하지 않는다면 들뜰 이유가 없기 때문이었다.

돈이 생기거든 다시 얘기하자며 노인이 그를 등지고 누웠다. 그도 노인을 따라 누우려는데 희미하게 쇠붙이 소리가 들렸다. 소리가 들리는 곳으로 가보니 빛이 들어왔다. 맨홀 뚜껑이 열리고 있었다. 열쇠로 열게 되어 있어 하수도 사람들은 사용하지 못하는 곳이었다. 이윽고 뚜껑이 다 열리자 안쪽까지 조금 밝아지며 상쾌한 바람이 불어왔다.

둥근 불빛이 천천히 지하로 걸어 내려왔다. 불빛은 사다리 아래쪽 바닥을 비췄다. 불빛을 따라 두툼한 방역복 차림의 다리가 보였다. 다리는 사람들이 사다리 난간에 걸어둔 수건을 밟고 점점 아래쪽으로 내려왔다. 수건 주인이 낮게 욕을 내뱉었으나 방역복 아래 밑창이 두꺼운 군화를 발견하고 입을 다물었다. 사람들은 바닥으로 다가오는 불빛에 홀리듯 몸을 일으켰다. 이곳에 방역복 차림의 사람이 나타난 것은 처음이었다.

마침내 손전등을 흔들어대던 사내가 완전히 모습을 드러냈다. 손전등 사내는 커다란 은빛 장갑을 낀 손에 쥐를 들고 있었다. 미동 없는 것으로 보아 죽은 쥐인 모양이었다. 사내가 꼬리를 잡고 쥐를 빙글빙글 돌리다가 누워 있는 부랑자들 쪽으로 획 던졌다. 부랑자들은 태연한 얼굴로 바닥에 떨어진 쥐의 꼬리를 잡아 다시 손전등 사내에게 던졌다. 손전등 사내가 움찔 놀라며 뒤로 물러섰다.

구겨진 체면을 만회하려는 듯 사내가 강압적인 어투로 질문을 던졌다. 그가 있는 곳에서는 잘 들리지 않았으나 쥐에 대해 말하는 듯했다. 그는 지상의 인간과 지하의 인간이 쥐에 관해 나눌 법한 대화를 짐작해보았다. 먼저 왜 쥐를 죽였나 하는 질문이 떠올랐지만 그 질문이 필요한지 알 수 없었다. 누가 생각해도 쥐란 언제든 죽여야만 하는 동물이었다.

사내의 말이 끝나자 사람들이 조금 웅성거렸다. 아마도 쥐와 관련해서 누군가 질책을 당하는 모양이었다. 사내 곁에서 얘기를 듣던 노인이 고개를 돌려 그를 찾더니 이내 손을 뻗었다.

사내가 손전등으로 그를 비췄다. 그는 불빛 때문에 눈을 찡그리며 쥐와 관련한 질문이 아닐지도 모른다고 생각했다. 쥐라는 말은 그저 비유적 의미로 쓰였을 것이다. 그의 모국에는 쥐를 빗댄 관용 표현이 많았고 C국이라고 다르지 않을 테니까.

그가 가장 두려워한 것은 "쥐새끼 같은 놈은 어디 있어?" 하는 물음이었다. 그 질문을 한다면 그가 쥐새끼처럼 약삭빠르게 잘 도망 다니는 걸 아는 사람일 테고, 아무래도 형사일 것이다. 그러나 아무리 범죄인 인도조약 같은 걸 맺고 있다고 해도 타국의 용의자를 색출하려고 하수도까지 뒤질 리 없었다. 애당초 그가 누구인지 어디에 머무는지 알아내기 힘들 것이다.

그가 도망가기를 주저하는 동안 손전등 사내가 조금씩 다가왔다. 그는 본능적으로 뒤로 물러서다가 이내 속도를 높여 달렸다. 뒤쪽의 부랑자들을 지나면 천장이 낮게 연결된 관이 나왔다. 손전등 불빛이 빠르게 그를 따라왔다. 사람들을 헤치고 관으로 들어가는 것보다 하수로 뛰어드는 편이 도망가는 데 유리할 것 같았다. 아무래도 방역복을 입은 채로 물속을 걷는 건 어려울 테니까.

하수로 뛰어들기 전 그는 무엇인가에 걸려 넘어졌다. 체력이 다해서는 아니었다. 근처 부랑자들이 그의 다리를 잡아챘다. 불빛이 쓰러진 그의 얼굴을 비췄다. 손전등 사내를 따르던 사람들이 그를 꽉 움켜잡았다. 그의 체온을 재고 억지로 코 안으로 기다란 면봉을 쑤셔 넣었다. 그는 계속 몸을 비틀며 버둥댔다. 달아나려고 마구 발길질을 하다가 그를 붙든 사람에게 얻어맞기도 했다.

"어이, 참아. 제발 참으라고."

손전등 사내가 소리쳤다.

"나중에 내게 고맙다고 할 거야. 달아나지 못하게 한 걸 말이야."

그는 사람들이 알아듣지 못할 그의 모국어로 욕설을 퍼부었다. 손전등 사내가 웃음을 터뜨렸다.

"이봐, 그거 욕이지? 벌써 우리가 할 일을 알고 있네. 이렇게 두들겨 맞고 욕이나 먹는다는 거 말이야. 우리 일이 늘 그래. 땀에 젖도록 일해도 감사 인사는커녕 욕을 먹기 일쑤지."

그는 사내들에게 이끌려 바깥으로 나왔다. 노인이 배웅하듯 그를 따라 나왔다. 손전등 사내가 노인에게 돈을 쥐여주었다. 몇푼 안 됐다. 돈을 받아든 노인이 누런 이를 드러내며 웃었다. 검은 원숭이가 달라붙은 듯 두통이 일었다.

3

일과는 단순했다. 반복 마디가 짧은 기계조의 멜로디가 막사 전체에 퍼지면 기상하고 간단한 세면을 마친 후 일렬로 서서 체온을 쟀다. 열이 높거나 기침을 하면 별도의 공간에서 재검사를 받았고 정상 범위이면 식당으로 가서 아침을 먹었다.

일부러 고열이 나오게 하려고 애쓰는 부류도 있었다. 검사실에서 몇종류의 세부검사를 더 받고 결과를 기다리는 동안 일을 쉴 수 있기 때문이었다. 손바닥을 계속 마찰한 후 이마에 대거나 일부러 줄 끝에 선 다음 같은 자리에서 종종거리고 뛰다가 제 차례까지 숨을 참았다. 검사 후 몇가지 증상이 일치하면 인근 병원으로 보내졌다. 정밀검사에서 양성 판정이 나오면 검역원 막사를 떠나 시 외곽의 격리병동으로 갔다. 격리병동까지 가기를 원하는 사람은 없었다. 그리로 가면 최소 2주 고립된 생활을 해야 했고 그러는 동안 생활비를 한푼도 벌 수 없었다. 무엇보다 그리로 간 뒤 다시 방역원으로 돌아온 사람이 없었다. 격리가 끝나도 전염의 가능성이 있으므로 감염자를 방역원으로 쓰지 않았다.

식사를 마치면 다시 막사로 돌아가 방역복으로 갈아입은 후 지급받은 도시락을 들고 구획별로 배정된 승합차에 올라탔다. 도시락은 소금을 뿌려 쌀알을 뭉친 주먹밥이었다. 오랜 부랑생활로 식성을 완전히 잃은 탓에 허기를 겨우 면할 정도로 양이 적은 것을 제외하면 특별히 불만이 없었다.

플래시 불빛과 함께 하수구로 내려온 사람은 가정방역팀장이었다. 방역팀은 감염 상황이 위급한 지역의 각 가정으로 담당자를 파견하여 방역방제 작업을 시행했다. 방문 방역원이 턱없이 모자라 되는대로 임시방역원을 충원했다.

구체적인 감염경로가 명확히 밝혀지지 않자 사람들은 미신이나 과거의 병력에 의존했다. 이번 전염병 역시 한때 전세계를 공포로 물들인 쥐에 의한 감염은 아닐까 의심했다. 도시 곳곳에 출몰하는 쥐떼가 증거가 됐다.

도시는 여느 때보다 쥐가 극성이었다. 피해가 심한 농촌 지역에서는 침대에서 곤히 자는 아이의 몸이 물리기도 했다. 옷장에서 쥐똥이 발견되는 일이 흔했고 한밤중에 아무도 없는 부엌에서 식기가 깨지기도 했다. 쥐는 나무 들보를 타고 천장을 오르고 그걸 보고 놀란 사람이 소리를 지르면 더 놀라게 할 작정으로 천장에서 낙하해 쏜살같이 마루를 달렸다. 그렇다고 해서 별스럽게 많은 정도는 아니었다. 이전보다 쥐가 많이 눈에 띄는 것은 전염병 탓이 아니라 거리에 방치된 쓰레기 때문이었다.

쥐의 수 증가를 지진의 전조현상으로 보는 전문가도 있었다. 몇년 전 C국 중심부에서 서쪽으로 148킬로미터 떨어진 지역에서 사망자가 육천명에 달한, 모두가 기억할 만한 규모의 강진이 발생했다. 그 지진 전에도 쥐떼가 도시 곳곳에서 극성을 부렸다고 했다.

그 틈에 C국을 오래 괴롭히는 대지진 가설이 다시 부상했다. 한 대학의 지진연구소 교수가 비교적 역사가 오래된 진도 5 이상의 지진 통계를 냈고 지진이 일정한 주기로 반복하여 발생한다고 주장했다. 여러 연구자가 통계적으로 의미없는 숫자라는 점을 지적했지만 새삼스럽게 커다란 반향을 불러일으켰다.

쥐는 유행 중인 전염병이나 대지진과는 무관하다는 것이 당국의 공식 의견이었다. 그러나 의견 표명만으로 번져나가는 소문을 막기는 역부족이었다. 공포와 소문과 바이러스는 성질이 비슷했다. 인간의 의도와 상관없이 나름의 생명력을 지녀서 경로를 알 수 없이 퍼지다가 순식간에 사라진다는 점이었다.

방역본부는 가정 방역에 집중하는 것으로 소문과 불만을 잠재우려 했다. 지원자 위주로 방역원을 선발할 예정이었으나 지원자가 거의 없었다. 전염의 위험이 있는 데다 임시직이고 보수도 낮았다. 한시적 직무였으므로 노동법의 보호를 받지 못했고 당국에서 제공하는 실업 및 구직의 혜택과도 무관했으며 최저임금제 적용 대상도 아니었다. 별 수 없이 선발 방식을 바꿔 부랑자들을 활용하자는 의견이 나왔다. 방역팀장이 교각 밑에 전리품처럼 늘어진 죽은 쥐를 목격해 맨홀로 내려온 것은 그 때문이었다.

쥐에 대한 생각이 전적으로 오해에서 비롯되었건 아니건 방역팀장에게 잡힌 것은 팀장의 말대로 행운에 가까웠다. 잡혔다는 표현이 부당하다 싶을 정도였다. 솔직히 말하면 고마웠다. 더러운 시궁창에서 나왔고 정해진 시간에 깨끗한 음식을 규칙적으로 먹을 수 있었다. 다시는 하수로 뛰어들지 않아도 되었고 무엇보다 방역복을 입을 수 있었다.

온몸을 감싸는 방역복은 무게가 상당했다. 하루 종일

입고 있으면 저녁나절에는 어깨가 저리고 온몸이 땀으로 젖었다. 오랫동안 쪼그려 앉아 있어야 해서 몸집을 부풀리는 방역복이 거추장스러울 때가 많았다. 그런데도 일을 마치고 숙소로 돌아와 방역복을 벗으면 맨몸으로 병균에 맞서는 기분이었다.

수요가 늘면서 방역기능이 약한 저급 방역복이 대량 유통되었다. 바느질이 엉성해 솜이 푸석푸석 새어 나오는 방역복도 있었다. 방역복이라기보다는 인조솜을 넣은 방한복에 가까웠다. 임시 방역원에게 지급된 방역복은 그러한 저가 제품 중 하나였다. 그럼에도 그는 방역복을 애지중지했다. 방역복은 안전 이상의 의미가 있었다. 그 옷을 입었다는 것은 남과 똑같은 존재가 된다는 뜻이었다. 남들과 같아지면 자신에 대해 더는 생각하지 않아도 되었다.

*

하늘에서는 전혀 빛을 찾아볼 수 없었다. 나무 사이로 바람이 소리를 내며 지나갔다. 어디선가 들릴락 말락 나뭇가지 부러지는 소리가 났다. 그는 쥐처럼 화단 쪽에 웅크려 앉았다. 지면에는 오래된 솔잎이 푹신하게 깔려 있어 그의 발소리를 흡수했다. 통행인이 거의 없고 건물을 출입하는 사람도 없었다. 어디선가 사각거리며 풀숲이 흔들리는 소리가 들렸다. 쥐 한마리가 새까맣고 동그란 눈알을 굴리며 화단이 끝나는 경계석에 서서 그를 빤히 바라보고 있었다. 그 역시 쥐를 마주 보았다. 그대로 쥐가 다른 곳으로 가주기를 바랐다. 자신이 있는 쪽으로 오면 반사적으로 잡으려 들다 경비에게 발각될 것이다. 쥐는 조금 멈칫대다가 익숙한 길로 사라졌다. 또 쥐가 나타날 것 같아 조용히 화단 밖으로 나왔다.

그가 지켜보는 동안 로비가 텅 비는 때는 한순간도 없었다. 일과 시간에는 세명의 경비가 항상 로비를 지켰다. 건물 사람들은 종종 바깥으로 나갔다가 돌아왔고 방문객이 찾아와 로비 카운터에서 신청서를 작성했다. 오후 여덟시부터 저녁식사 시간인지 경비 세명이 교대로 자리를 비웠다. 그때까지도 건물 입주자들이 마스크 차림으로 간간이 로비를 드나들었다. 열시가 되면 두명의 경비가 짝을 이뤄 건물 외곽을 순찰했다. 건물을 한바퀴 돌며 경비 시스템의 이상 여부를 확인했는데, 대략 이십분 정도 걸렸다. 그동안 로비에는 경비 한명이 창업주 흉상 옆에 우두커니 서 있었다. 외곽 순찰을 마치면 세명의 경비 중 한명이 퇴근했다. 그때부터 출입은 건물 측면의 후문에서 이루어졌는데, 후문에도 정문과 마찬가지로 출입 통제 시스템이 설치되어 있었다. 열한시에는 두명 중 한명이 자리를 비웠다. 로비에서 철수한 것일 뿐 관리실로 들어갔다. 혼자 로비에 남은 경비는 졸지도 않고 두리번거리며 주변을 살피다가 정확히 자정이 되면 후문의 출입 시스템을 잠그고 외부에 위탁한 경비 시스템의 가동 여부를 확인한 후 로비 전체를 소등했다. 그러니까 로비가 텅 비는 때는 열한시부터 자정까지 혼자 로비에 남은 경비가 화장실에 가느라 자리를 비울 때뿐이었다. 그가 지켜보는 동안 그런 일은 단 한차례도 없었다.

야간작업에서 빠지기 위해 그는 그동안 모은 돈을 담당 팀장에게 뇌물로 바쳤다. 액수가 생각보다 많았는지 팀장은 어렵게 말을 꺼낸 그에게 선뜻 양복도 빌려주었다. 양복은 그에게 조금 컸다. 인색한 사람이 성장기의 아들에게 사 입힌 옷 같았다.

"작업복보다 훨씬 낫군. 제대로 입어야 대우를 받는 법이지."

그가 어색해하는 걸 알아챈 팀장이 보기 좋다며 거들어주었다.

자정까지 기다릴 것도 없이 이만 돌아가야 하는 게 아닐까 생각하고 있는데 경비가 스트레칭으로 경직된 몸을 풀며 벽시계를 돌아보았다. 자정이 되려면 이십오분 정도 남아 있었다. 경비가 잠시 멈춰서길래 화장실에 가려나보다 했지만 다시 몸을 길게 늘여 스트레칭을 하고 자리에 앉았다.

아무래도 허탕을 치나 싶었는데 몸이 묵직하게 처졌다. 요의가 느껴졌다. 그는 당당히 후문 쪽으로 갔다. 그가 들어서자 직급 높은 관리자라도 응대하듯 경비가 벌떡 일어섰다.

"죄송하지만 화장실 좀 쓸 수 있을까요?"

경비가 양복 입은 그를 잠시 훑어보았다. 옷이 좀 크다는 것 말고 딱히 흠잡을 데 없는 차림새였다.

"이 시간에요?"

"이 시간이라 근처에 불 켜진 곳이 여기뿐입니다."

"급하신 모양입니다. 얼굴이 아주 노랗게 질렸네요."

경비가 버튼을 눌러 차단된 출입 시스템을 해제하고 그를 들여보내주었다.

화장실은 비상계단 옆쪽에 있었다. 손을 씻고 나오니 여전히 꼿꼿이 앉아 있는 경비의 뒷모습이 보였다. 그는 별 기대 없이 닫혀 있는 비상계단 문을 열어보았다. 경보음이 울릴지 모른다는 걱정이 무색하게 계단은 그의 침입에 묵묵했다.

비상문은 굳게 잠겨 있었고 감염 지역이므로 출입을 엄격히 금한다는 경고문이 붙어 있는 층도 있었다. 그는 열린 문을 찾아 비상계단을 올라갔다. 다행히 8층 문이 열렸다. 복도 바닥과 벽이 한결같이 흐린 농도의 녹색이었고 천장은 그보다 좀 밝았으나 환하게 켜진 형광등 때문에 온통 흰색 페인트가 칠해진 듯 보였다. 평행으로 늘어선 길쭉한 형광등이 환하게 빛났다. 복도에 네모난 유리문이 일정한 간격으로 늘어서 있었는데 모두 잠겨 있었다. 보안카드 없이는 통과할 수 없는 문이었다.

그는 잠자코 복도에 서 있었다. 얼마 지나지 않아 한 남자가 벽을 뚫고 나온 듯 갑자기 모습을 드러냈다. 타월을 든 것으로 보아 세면실에 가려는 모양이었다. 그는 남자에게 다가가 몰이 근무하는 부서명을 대며 위치를 물었다.

“그 부서라면 일부는 이 층에서 근무한 적이 있습니다.”

“그 부서 근무자를 찾고 있습니다.”

“거기 사람들 대부분 퇴출되었어요. 감염되었거나 감염 여부를 확인 중이에요. 만나기 힘들 겁니다. 하지만 벌써 만났다면 전염되었을 테니 다행이기도 하죠. 찾는 분이 친굽니까?”

“오랫동안 연락이 끊겼어요.”

“친구분도 외국인입니까?”

"아니요, 몰이라고 합니다."

"그 부서에 아는 사람이 있어요. 몰에 대해서는 잘 모르지만요. 그런데 건물에 오래 계셨나봐요. 피로해 보이네요."

"늘 그렇지요."

"나도 그래요. 건물 밖으로 안 나간 지 한달이 넘었어요. 이렇게 일만 하다보면 불쑥 친구 생각이 나기도 하고 그렇더라고요. 자, 따라오세요."

남자의 말대로 친구가 생각나는 밤이었다. 누구든 만나고 싶었으나 누구도 만날 수 없으리라는 생각에 더욱 그랬다.

남자를 따라 들어간 사무실은 여느 회사와 다르지 않았다. 야심했으므로 자리가 많이 비었다는 게 다를 뿐이었다. 남자가 부서 직원을 불러주겠다며 안쪽으로 들어갔다.

그가 사무실 입구에 서 있는 동안 몇몇 근무자들이 힐끔거리며 돌아보기는 했으나 더는 관심을 보이지 않았다. 그는 여태까지 모니터를 보고 있는 근무자들의 뒷모습을 바라보았다. 무관심하게 돌린 등과 완만하고 느린 움직임은 그가 그들에게 어떠한 위협도 되지 않음을 알려주었다.

그래도 기다리는 시간이 길어지자 조금 초조해졌다. 경비가 나타나 이대로 끌려 나가는 상상을 했다. 복도 쪽을 두리번거리는데 마스크를 착용한 남자가 그가 있는 곳으로 다가왔다. 소매를 걷어 올린 와이셔츠가 잔뜩 구겨진 것으로 보아 잠깐 눈을 붙이다 온 듯했다.

남자는 그를 영업 관계에 있는 방문객 대하듯 작은 회의실로 안내했다. 야간의 방문에도 불구하고 손님처럼 대해주었는데 양복 때문인 것 같았다. 팀장의 말대로 대우를 받는 기분이었다.

"몰을 찾으신다고요."

"네."

"외국인인가요?"

그가 고개를 끄덕였다.

"천천히 말해야겠군요. 몰이 감염자인 건 알고 있나요?"

"네?"

"모르셨군요. 하긴 그러니 찾아오셨겠지요. 몰은 병가 중입니다."

"언제부터요?"

"언제더라. 비교적 초기에 전염된 것으로 알고 있어요. 전염병이 확산되던 무렵에 이미 사무실에 나오지 못했으니까요."

"그렇다면 몰의 업무를 인계받은 사람이 있나요?"

"인계요? 맞아요. 그런 절차가 필요합니다. 인수인계를 해두었다면 병에 걸려도 맘 편히 쉴 수 있으니까요. 우리는 늘 과중한 업무에 시달리죠. 하루 종일 쉬지 않고 일해도 일은 계속 쌓입니다. 도대체 언제 끝이 날지 몰라요. 쌓인 서류를 보면 한숨만 나오고요. 여기 사무실을 둘러보세요. 자정이 가까운데도 근무하는 사람이 이렇게나 많잖아요. 아무리 전염병이 돌아도 감염되어서 아프거나 죽어나가도 일을 해야 하는 건 변함없습니다. 병에 걸리지 않는 게 중요하지만 그보다는 병에 걸려서 일을 망치지 않는 게 더 중요합니다."

그가 동의한다는 듯 고개를 끄덕였다.

"다른 사람의 일을 대신 맡아 하기는 벅찬 상황입니다. 그러니 인수인계 같은 건 없어요. 처음부터 그런 건 아니었지만 감염자가 늘면서 모든 게 엉망이 됐죠. 어느 순간 다른 사람의 업무까지 밀려오지만 상사의 불가피한 지시가 있을 경우나 마지못해 처리합니다. 게다가 아무리 외부인의 출입을 통제해도 뜻밖의 방문객이 늘 있기 마련이에요. 전염되면 곤란합니다. 그야말로 끝이죠. 중요한 거래를 완전히 망칠 수도 있어요. 모든 걸 잃는 거죠. 병에 걸려서가 아니라 더이상 일할 수 없기 때문이에요. 그러니 누구도 감염자의 일을 자발적으로 하려 들지 않습니다. 초기에는 감염 경로가 불확실해서 일단 감염자가 작업하던 서류를 다 폐기했거든요. 감염자의 컴퓨터는 급한 경우가 아니면 전원도 켜지 않았고요. 장갑을 끼고 컴퓨터를 만지기도 했는데 아무래도 조작이 부자연스럽잖아요. 당연한 수순으로 병가 중인 담당자의 일은 보류되거나 폐기되었습니다."

"그럼 파견사원에 관한 일은 누가 담당합니까?"

"파견사원이요? 근무하는 동안 한번도 파견사원을 본 적이 없습니다."

"나는 파견사원입니다. 몰이 내게 관련 메일을 보냈어요."

"몰과 친구가 아니란 말씀입니까?"

"네."

"미안하지만 더는 도울 수 없습니다. 같은 부서이긴 해도 우리는 서로 하는 일이 달라요. 자기 일이 아니면 모르죠. 특히 파견사원과 관련해 제가 잘못된 정보를 드릴 수도 있으니 아예 말을 안 하는 게 좋겠습니다. 몰의 일이 그렇습니다. 인사업무다 보니 비밀리에 진행되는 게 많았어요."

"몰에게 파견사원에 대해 들은 적 없습니까?"

"공식적인 브리핑이 아니라면 개인 업무에 대해 들을 기회가 없습니다. 몰과 저는 고충을 상의할 만큼 가까운 사이도 아니거든요. 사무실이 워낙 커서 인접한 자리가 아니거나 업무상 공통점이 없으면 말 한마디 건네지 않고 지내는 경우가 허다합니다. 물론 그런 사이도 아니었지만요. 아무리 가까운 사이라 하더라도 몰은 인사와 관련한 정보를 사적인 소재로 활용하지 않습니다. 그런 얘기일수록 빨리 퍼지고 비밀이 지켜지지 않으니까요. 비밀이 누설되면 결국 불이익을 당하는 건 인사 책임자입니다."

"몰의 연락처를 알 수 있습니까?"

"안다고 해도 알려줄 수 없습니다. 나는 오늘 당신을 처음 만났어요. 처음에는 친구라고 하더니 파견근무 예정자라고 말을 바꿨죠."

남자가 난감한 표정으로 잠시 뜸을 들이다가 말을 이었다.

"한때 파견사원 선발 논의가 있었던 건 알고 있습니다. 기본적인 기준은 당연히 의사소통 능력이었어요. 두말할 것도 없죠. 그런데 당신은 발음이 서툴고 어법도 자주 틀립니다."

남자가 다시 표정을 밝게 바꾸었다.

"파견근무 예정자라면 분명 다른 장점이 있겠죠."

남자가 시계를 들여다보았다.

"내가 아는 건 그게 전부예요. 더이상 말할 게 없습니다. 이제는 시간도 얼마 없네요."

"네?"

남자가 그의 어깨 너머로 시선을 돌렸다. 두명의 경비

가 이쪽으로 오고 있었다. 남자가 문을 열고 들어서는 경비들을 꾸짖듯 말했다.

"늘 이렇군요. 여기는 아무나 들어오는 곳이 아니라고 몇번이나 말씀드렸잖습니까."

"죄송합니다. 화장실이 급하다는 말을 믿었어요."

두명의 경비가 남자에게 사과한 후 양옆에서 그를 힘껏 붙잡았다. 이미 몰이 없다는 것을 알았고 몰이 있더라도 만날 가망성이 없으므로 그는 경비들에게 순순히 팔을 내주었다.

경비들 사이에 꼭 낀 채 엘리베이터를 기다리는데 그의 이름을 부르는 소리가 들렸다. 돌아보니 남자가 여태 그를 보고 있었다.

"그런데 전염병에 걸린 건 아닌가요? 오래된 기억이라 확실치 않지만 공항에서 검역에 걸린 외국인이 도시로 유입된 후 실종되었다는 뉴스를 본 적 있어요."

"전 아닙니다. 병에 걸리지 않았어요."

"잘못된 뉴스였나보네요. 그런데 몰의 얼굴을 아나요? 모르는 거죠? 그렇죠?"

그는 뚫어져라 남자를 쳐다봤다.

"역시 몰을 찾기 어렵겠군요."

남자가 알 듯 말 듯 웃음 띤 얼굴로 돌아서서 사무실 쪽으로 갔다. 막 도착한 엘리베이터에 경비들과 함께 올라타면서 그는 남자가 자신의 이름을 불렀다는 사실을 깨달았다. 너무 자연스러워서 미처 깨닫지 못했지만, C국에서 그의 이름을 아는 사람은 몰뿐이었다.

그렇다고 남자가 몰이라는 건 아니었다. 그는 그런 우연을 믿지 않았다. 남자는 아니라고 했지만 같은 부서에 근무하는 직원이 파견근무와 관련한 정보를 인계받고 발뺌하는 것일 수도 있었다. 남자의 말과 달리 몰이 떠들기 좋아하는 성격인지도 몰랐다. 그렇기는 해도 드디어 몰을 만났다는 생각을 떨칠 수 없었다.

*

일은 집주인과 인사를 주고받는 것으로 시작됐다. 인사를 마치고 마당 이곳저곳을 살피고 있으면 대개의 집주인은 수고하라는 말을 남기고 외출했다. 약을 치는 집에 남아 있으려는 사람은 별로 없었다. 그는 업무를 준비하며 외출을 위해 대문을 나서는 집주인을 몰래 살피곤 했다. 시계를 들여다보며 빠르게 걸음을 옮기는, 활기차면서도 피곤해 보이는 뒷모습이 좋았다. 그 모습을 보면 전염병의 확산이 곧 끝나리라는 생각이 들었다. 여전히 모두들 학교에 다니고 직장에 가고 친구를 만나러 가고 쇼핑을 다니고 건강을 위해 헬스클럽과 수영장에 다니고 있었다.

집주인이 멀어지고 나서 그는 본격적으로 근무지인 마당과 창고를 살폈다. 쥐가 드나드는 통로야 워낙 많지만 단독주택 뒤뜰의 잡목숲 그늘은 비교적 가능성 높은 통로 중 하나였다.

예상 가능한 경로를 따라 약을 뿌려두고 쥐가 나타나기를 기다리며 가만히 앉아 있었다. 한참을 기다리면 결국 그늘참에서 쥐가 나타나고 그렇게 한두마리 나타나기 시작하면 경계를 풀고 지상의 먹을 것을 향해 쥐들이 음지에서 빠져나올 것이다. 물론 쥐는 지상의 빛과 만나자마자 머리통이 터져 죽을 것이다. 쥐를 그렇게 만드는 사람은 그였다.

기차시간표처럼 정확한 시간에 쥐가 나타나는 것은 아니어서 어떤 때는 거의 반나절을 멍하니 지키고 있어야 했다. 한 지점을 쏘아보느라 눈이 시릴 즈음 한마리가 모습을 드러냈다. 이미 다리에 쥐가 나고 팔이 굳어 있어서 조금 느리게 움직였다. 여러번 채를 내리쳐서 겨우 잡았다. 뿌옇게 인 흙먼지를 마시며 자신이 사력을 다할 일이라고는 한낱 쥐를 잡는 것뿐임을 실감했다.

밤이면 제법 찬바람이 불었다. 두 계절 정도의 시간을 C국에서 보낸 셈이었다. 그런데도 여기에 닿기까지의 삶이 전생처럼 까마득했다.

그는 언제든 더럽고 볼품없는 쥐 한마리가 이끈 삶의 궤적을 그릴 수 있었다. C국에 온 것, 쓰레기 더미로 투신한 것, 공원에서 부랑생활을 이어간 것, 하수도로 떠밀린 것은 모두 쥐 한마리로부터 비롯되었다. 애초에 그를 선발한 지사장의 눈에 든 것도 쥐를 잡은 일 때문이었다. 그러니 지금의 인생에 어떤 미련이나 애착이 없는 그로서도 쥐를 잡는 일에 전력을 다할 수밖에 없었다.

곁으로 누군가 다가오는 기척이 느껴졌다. 그는 듣지 못한 척 잠자코 있었다. 발소리가 가까워지자 쥐가 나타나지도 않았는데 들고 있던 나무 채를 내리쳤다. 흙먼지가 일었다. 집주인 남자가 한쪽으로 비켜서며 말했다.

"일이 시작된 모양이네요."

남자는 생전 무서운 일을 겪어본 적 없는 듯 표정이 온화했다.

"아직 멀었습니다. 쥐가 나타나길 기다려야 해요. 쥐구멍에 직접 들어갈 수 없으니 기다리는 수밖에 없죠. 통로를 파악하면 그때부터가 시작입니다."

"지루하시겠네요."

"뭐든 단숨에 되는 건 없으니까요. 화석을 끄집어내는 일도 그렇잖아요. 시간을 들여 바윗덩어리를 제거해야 하죠. 쥐를 잡는 일도 숨을 곳을 제거하는 일이에요."

멍하니 잡목숲 그늘을 들여다보는 일은 어쨌거나 놀고 있는 듯 보이기 쉬워서 뭔가 변명을 해야겠다고 생각했다. 그는 여전히 말하고 싶은 단어를 떠올리지 못해 다른 단어로 바꿔 말했고 그러느라 말이 느리고 자주 발음을 더듬었다.

"화석을 끄집어내는 것만큼 가치 있는 일은 아니지만 지금 이 시기에 꼭 필요한 일이긴 하네요."

남자가 고개를 끄덕이며 말했다.

"예전 같으면 이럴 필요가 있나 싶었을 텐데 지금은 가장 쓸모 있고 실용적인 일이 되었잖아요."

그는 아무 대꾸도 하지 않았다. 남자의 말과 달리 쥐를 잡는 일은 어느 시기에나 필요하다.

"쥐가 무섭지 않아요?"

남자가 물었다.

"무섭습니다."

"어떻게 참아요?"

"참지 않고 무서워합니다."

"그러면서 쥐를 잡는 거예요?"

"쥐를 잡으면 돈을 주니까요."

남자가 웃음을 터뜨리며 물었다.

"쥐보다 무서운 게 뭔 줄 알아요?"

"뭡니까?"

"사람이요."

"왜요?"

"병을 옮기니까요."

"병이야 쥐가 더 많이 옮깁니다."

"이번 전염병을 옮긴 건 사람이죠. 나도 병을 옮길 수 있고요."

남자가 말했다. 그는 깜짝 놀라서 남자를 보았다.

"얼굴을 보면 병에 걸렸는지 아닌지 점을 칠 수 있어요. 특히 입술 색깔이요. 지금 당신의 입술은 곧 병에 걸릴 듯 푸른색이 도드라지잖아요."

그는 무의식적으로 입술에 손을 대려다가 전신 방역복과 마스크로 몸을 전부 가리고 있음을 깨달았다.

"내 입술이 보입니까?"

"웃자고 해본 말이에요. 다 떠도는 얘기죠. 하지만 믿는 사람이 많아요. 동료들과 종종 이런 말을 주고받죠. 일하기 싫은 날은 차라리 병에 감염되었으면 하고 생각하고요. 정부에서 치료도 해주고 의무적으로 일을 쉴 수도 있잖아요.”

“일을 하는 것보다 병에 걸리는 게 낫습니까?”

“가끔 그런 생각을 하죠.”

“전염병이 두렵지 않나요?”

“병이라면 차라리 암이 더 무섭죠.”

남자가 어깨를 으쓱하고는 말을 이었다.

“지금의 전염병은 그저 흔한 감기나 다름없어요.”

“감기치고는 죽은 사람이 많습니다.”

“글쎄요. 사망률을 정밀히 비교하면 어떨지 모르죠. 전염병 때문에 죽지만 암이나 교통사고로 죽는 사람이 더 많잖아요.”

“그래도 병에 걸리지 않았다면 살 수 있는 사람들이 죽어갔어요.”

“그러는 게 꼭 전염병뿐인가요? 차를 타지 않으면, 그때 하필 길을 건너지 않았다면 교통사고를 당하지 않았을 텐데요. 게다가 쥐는 이번 전염병과 아무 상관이 없어요. 쥐만 잡는다고 방역이 되는 게 아니에요.”

“쥐는 책임이 있습니다.”

“전적으로 쥐 탓은 아니죠.”

“쥐를 잡아서 나쁠 건 없습니다.”

“나는 생명보험을 파는 일을 합니다. 사람을 많이 만나는 일이에요. 전염병 때문에 죽을 수 있다고 겁을 주지만 실제로 감염자를 만난 건 아주 드물어요."

"감염자들이 모두 격리되어서는 아닐까요?"

"사람들은 별별 이유로 죽어요. 전염병도 여러 사인 중 하나죠. 노환이나 교통사고처럼요. 사람은 심지어 살인을 당하기도 하잖아요."

"살인이요?"

그가 인상을 썼다.

"그런 죽음도 얼마든지 있다는 겁니다. 아무도 어떻게 죽을지는 모르죠. 쥐를 보세요. 독약을 먹고 죽을지 알았겠어요?"

남자가 농담이라는 듯 웃었다. 입꼬리를 올리며 웃는 게 즐거워 보였다. 그는 조금도 우습지 않았다.

남자가 집으로 들어간 후 그는 뒷마당의 홈을 따라 돌며 죽은 쥐를 회수했다. 약을 먹고도 죽지 않아 비틀거리는 쥐를 몇마리 더 잡았다. 그를 태울 승합차가 올 즈음해서는 천천히 죽은 쥐의 꼬리를 잘랐다.

보수는 잡은 쥐의 수대로 받았다. 그걸 확인할 방법이 마땅히 없으므로 꼬리를 잘라 열개 단위로 묶어 개수를 확인시켜 주었다. 집주인들을 대개 그가 내미는 쥐꼬리를 일일이 헤아리지 않았다. 당연했다. 그걸 보고 비용을 지불하고 싫어하는 사람은 아무도 없었다. 그는 슬쩍 전날 잡은 쥐의 꼬리를 끼워 넣었다. 피가 묻어 있지 않거나 말라붙었다고 의심하는 사람은 아무도 없었다. 야간작업을 빼면서 팀장에서 건넨 뇌물은 그렇게 해서 마련했다.

남자는 조금 달랐다. 인상도 쓰지 않고 그가 내민 전리품들을 찬찬히 살폈다.

“당분간 쥐 걱정은 안 해도 됩니다. 오래가지는 않아요. 약을 쳤지만 살아남은 것들이 있고 쥐가 수를 불리는 건 금방입니다.”

남자가 건성으로 고개를 끄덕이고는 쥐꼬리를 가리켰다.

“피가 흐르지 않네요.”

“이미 충분히 흘렸으니까요.”

“만져봐도 되나요?”

“나라면 만지지 않을 겁니다.”

“만지고 있잖아요.”

“일이 아니면 만지지 않을 겁니다.”

“이 꼬리는 암만 봐도 이상해서요.”

그는 남자가 가리키는 것을 쳐다보았다.

“끝이 말랐어요. 피가 난 게 아니라 실수로 묻은 것 같아요.”

남자가 딱딱한 표정을 지었다.

"간혹 그럴 수 있습니다. 꼬리에서는 피가 많이 나지도 않고요."

"내 눈은 정확해요. 쓸데없이 시간을 끈 건 이것 때문입니다. 다른 꼬리보다 피가 금세 말랐어요."

그도 알았다. 남자가 가리킨 꼬리는 확연히 다른 것과 달랐다.

"이런 식으로 돈을 버는 건 곤란해요. 돈을 주고 싶은 마음이 싹 사라졌어요. 쥐랑 사는 게 나쁜가요? 가끔 놀라긴 해도 말이죠. 정원이 있는 집에 쥐가 없다면 더 이상한 거 아닌가요? 그래도 잡겠다는 사람은 잡아야겠죠. 진작 죽은 쥐를 내놓지 말고요. 그건 쥐만도 못한 짓이죠."

남자가 인사도 없이 그대로 현관문을 닫았다. 그는 닫힌 문 앞에 서 있었다. 잠시였지만 남자와 얘기를 나눈 것이 좋았다. 쥐를 잡고 있으면 아무도 말을 걸지 않는데 남자는 관심을 갖고 질문을 던져주었다.

하지만 그를 조롱했다. 쥐만도 못하다고 하고 노동에 대한 대가를 치르지도 않았다. 이상한 기분이었다. 아직 자신에게 조롱당할 일이 남았다는 것이.

그는 남자가 닫고 들어간 현관문을 조심스레 열었다. 문은 잠겨 있지 않았다. 그를 태울 관리인의 승합차가 도착하려면 시간이 걸릴 것이다. 운전을 겸하는 관리인은 클랙슨을 누르며 재촉해도 결코 차에서 내리지는 않았다.

집 안으로 들어서자 몸에 차가운 공기가 느껴졌다. 집 안이 괴괴할 정도로 조용하고 어두웠다. 생소한 한기에 오스스 소름이 돋았다. 현관 옆에는 이층으로 올라가는 좁은 계단이 있었다. 그는 무의식적으로 계단 쪽에 몸을 숨기고 숨을 골랐다. 기분이 나쁘긴 했지만 전적으로 기분 탓은 아니었다. 최소 일당을 받지 못하면 그가 물어내야 했다. 그는 이 문제에 대해 남자와 얘기해보고 싶었다. 그러려면 다시 밖으로 나가 현관 벨을 눌러 남자를 불러내는 게 나았다.

그가 실수를 인정하고 다시 현관으로 나가려는데 발걸음 소리가 들렸다. 이내 남자가 그를 발견했다. 남자는 놀라긴 했지만 그보다는 화가 난 듯 굳은 표정으로 그에게 다가왔다. 오히려 그가 뒷걸음질을 쳐야 했다. 그는 남자가 자신에게 단단한 주먹을 뻗었다고 생각했다. 아니었다. 남자는 그저 화난 얼굴로 잠자코 서 있었다. 이미 남자의 얼굴을 손으로 누른 다음에야 그 사실을 깨달았다. 그렇게 한 채로 그는 남자에게 사과하는 말을 쏟아부었다.

남자는 그의 사과를 받아주지 않았다. 발버둥을 치며 그의 얼굴만큼이나 커다란 손을 마구 휘둘렀다. 그는 남자에게서 손을 떼고 최대한 몸을 웅크렸다. 그런데도 자신을 향해 주먹질하는 남자의 굳은 얼굴이 보이는 듯 했다. 많은 일을 겪었지만 그는 한번도 스스로를 위해 눈물을 흘리지 않았다. 그러나 이제야말로 서글퍼졌다. 맞는 게 정당하다는 생각이 들자 비참해졌다. 남자가 욕을 하며 자리에서 일어섰다. 그 틈에 남자의 한쪽 다리를 잡았다. 남자가 휘청였고 이내 균형을 잃고 쓰러졌다. 쿵 소리가 났다. 남자가 상해를 입는다면 그에게 맞아서가 아니라 바닥에 머리를 찧은 충격 때문일 것이다. 그는 결코 쥐나 잡는 인생을 바란 적 없다고 마음을 다잡으며 남자를 깔고 앉아 주머니에 든 무딘 칼을 꺼냈다. 그는 이런 일을 뺏길까봐 전전긍긍하는 인생을 바란 적도 없었다. 그렇다면 과연 자신이 꿈꾸던 인생은 무엇이었을까. 하도 오래전의 일이라 하나도 기억나지 않았다.

이렇게 시간을 끌다가는 모든 일을 그르칠 것이다. 승합차 관리인은 그가 집 안에서 나오면 수상히 여겨 추궁할 게 분명했다. 그는 버둥대는 남자를 그저 위협할 생각으로 칼을 보여줬다. 칼을 쥐자 손바닥에 다시 통증이 일었다. 손의 통증은 그림자처럼 그에게 바짝 붙어 있다가 시시때때로 모양을 늘이거나 줄이고 가끔 방향을 바꾸곤 했는데, 지금은 온통 그를 집어 삼켰다.

클랙슨 소리가 들렸다. 가까운 곳에서 나는 소리였다.

멀리서 나는 것 같기도 했다. 소리의 원근을 헤아리기 어려울 정도로 남자를 위협하는 일이 힘들었다. 남자가 캑캑거리며 괴로운 듯 그를 바라봤다. 이번에는 통증이 그림자가 되어 힘껏 남자를 내리눌렀다. 남자가 완전히 기운을 잃고 나서야 그는 그림자에게서 벗어났다.

그제야 언젠가 이런 일이 있었다는 것이 떠올랐다. 손의 통증이나 그림자의 힘이 익숙했다. 그 때문에 그는 오래전 쓰레기 더미로 투신한 자신의 행동을 기꺼이 받아들였다. 이 확신을 얻기 위해 C국에서 긴 시간을 허비한 듯했다. 비로소 전처 생각이 났다. 전처의 둥그스름한 얼굴과 비음 섞인 목소리, 선량한 눈빛과 심통 날 때면 축 처지는 입술선이 떠올랐다. 그는 전처를 잊지 않기 위해 계속해서 얼굴과 목소리와 눈빛과 입술을 생각했다. 그것들을 되새기며 그는 빛 속으로 걸어 나갔다.

집 안에 비하면 바깥은 눈이 부실 정도로 환했다. 그는 천천히 빛 속을 걸었다. 그를 태울 승합차는 아직 오지 않았다. 막 골목길에 도착한 수거차량에서 두명의 사내가 내리더니 길거리에 쌓인 쓰레기를 부지런히 차량 안으로 던져 넣었다. 그는 멈춰 서서 길거리의 쓰레기가 말끔히 치워지는 모습을 물끄러미 지켜보았다.

제3부

얼마 전 지진이 있었다. 규모가 크지 않은 지진이었다. 전조현상이랄 것 없이 시작되어 책장이 조금 흔들렸다. 오래된 건물은 담벼락이 갈라지고 낡은 판자가 떨어지는 피해를 입기도 했다.

지진 강도가 경미해서 사상자가 없으리라는 예상은 빗나갔다. 집이 흔들리자 예고된 대지진으로 착각해 겁을 먹고 뛰어내린 사람이 있었다. 그런 사람 말고 지진 때문에 죽은 사람은 없었다. 대지진이 아니어서 다행이었지만 속은 기분도 들었다. 지진에 대비해 그는 다른 사람들이 그러는 것처럼 슈퍼마켓에서 아기변기 형태의 간이 변기와 평소라면 먹지 않을 통조림을 구비했다. 언젠가 대지진이 일어난다고 했다. 언제인지는 몰랐다. 어디서 시작될지도 몰랐다. 그래도 대지진에 대비해 거실 탁자 아래쪽에 생존가방을 꾸려두었다.

지진이 왔을 때 그는 한 레스토랑의 식료품 창고에 있었다. 규모가 크고 비교적 정비가 잘된 창고였다. 양파 상자를 다른 선반으로 옮기려는데 커다란 쥐 한마리가 후다닥 튀어나왔다. 그는 쥐가 가고 싶어하는 쪽으로 가게 내버려두었다. 어차피 미끼를 물기 위해 곧 밖으로 나올 것이고 독이 묻은 미끼를 먹고 몸이 딱딱하게 굳어 죽어갈 것이다.

양파 상자가 다소 무거웠는지 몸이 기우는 느낌이었다. 그저 어지러운 건 줄 알았는데 상자가 눈에 띄게 기울었고 어느 순간 양파가 떨어져 바닥을 굴렀다.

미약한 흔들림 속에서 오래전 만난 노인을 생각했다. 돈만 있으면 화물선에 태워줄 수 있다고 장담하던 노인. 자신은 어디에도 가지 않으면서 어디로든 보내줄 수 있다던 노인의 말은 한동안 그를 설레게 했다. 그 말대로 화물선에 올라탔다면 이런 흔들림 속에서 대양을 건넜을 것이다.

"이봐, 좋은 소식이 있어."

작업복을 입고 탈의실을 나서는 그에게 팀장이 말했다. 팀장은 키가 작고 말랐으며 늘 짙은 회색 옷을 입고 톤 높은 목소리로 떠들었다. 사람들은 그를 귀뚜라미라고 불렀다. 팀장은 자신의 별명을 알고 나서 "방제 대상은 아니잖아?" 하며 큰 소리로 웃었다.

"자네 표정이 별로네. 또 두통이야?"

팀장이 걱정스러운 표정으로 말을 이었다.

"두통을 없애는 기막힌 방법을 알아."

"그게 뭔데요?"

"두통을 느낄 새도 없이 복통, 요통, 치통을 앓는 거야. 두통보다 치통이 무섭고 치통보다 요통이 더 무섭거든. 병은 병으로 잊어야 하는 법이야."

그가 웃지 않자 팀장이 덩달아 정색하며 목소리를 낮추었다.

"자네한테만 하는 말인데 곧 정규직 전환 심사가 있어. 이번에 내가 심사관으로 참여할 것 같아. 어때, 좋은 소식이지?"

그는 바로 대답하지 못했다. 팀장이 자신의 심사관 참여 소식을 알리면서 뇌물을 달라고 충고한 것인지 헷갈렸고 자신이 심사 대상인지 알 수 없어서였다. 정직원이 되려고 생각해본 적 없는 그로서는 좋지도 나쁘지도 않은 소식이었다. 대답 대신 그는 기침을 두번 했다.

"약은 좀 먹었어?"

"일하는 데 별 문제가 없어서요."

"하긴 전염병은 아니니까."

"감기도 전염병이긴 해요."

팀장이 별소리를 다 한다는 듯 그의 어깨를 툭 쳤다.

사무실 중앙 벽면에 새로 배정된 지역별 담당자 명단이 붙어 있었다. 그는 한참 걸려 자신의 이름을 찾았다. 제4구 담당이었다.

"오늘은 선배랑 같이 못하겠네요."

그와 매번 작업조로 일해온 후배가 어느새 곁에 다가와 말했다.

제4구로 배정받을 때마다 다른 사람과 담당 구역을 바꾸어왔다. 제4구보다 수풀이 우거지고 하수가 많은 지역의 담당자에게 부탁하면 비교적 수월히 구역을 변경할 수 있다.

떠나온 후 그는 한번도 다시 그곳에 가지 않았다. 그럼에도 늦은 밤 퇴근하여 어두운 골목에 쓰레기봉지를 버릴 때, 버려야 할 쓰레기가 아무것도 없을 때, 그가 사라지기를 기다리며 수거함 주위를 어슬렁거리는 고양이를 볼 때, 주위에 고양이조차 한마리 없을 때, 어디선가 원인 모를 악취가 풍길 때, 아무런 냄새도 나지 않을 때, 맑은 하늘에 적운이 떴을 때, 하늘이 형상 없는 구름으로 가득할 때, 공원에서 떠도는 부랑자를 보았을 때, 거리에 깨끗한 차림의 사람들이 걸어 다닐 때, 침실과 부엌, 화장실이 각기 하나인 숙소에서 잠이 깰 때, 잠이 들 때, 갑자기 튼 수도에서 녹물이 섞여 나올 때, 아무것도 섞이지 않은 말간 물이 나올 때, 구내식당에서 식판에 밥을 받아먹을 때, 작업지역 인근 식당에서 점심을 먹을 때, 식탁에 세팅된 나이프를 볼 때, 식탁에 아무것도 올라 있지 않을 때, 그러니까 거의 매순간 제4구를 떠올렸다.

그가 담당지역 변경을 요청하러 나서는 후배를 붙잡았다.

"자네 횡재했어. 나보다 제4구를 잘 아는 사람은 없을 거야."

후배가 어리둥절한 표정으로 그를 보았다. 그는 약품과 장비를 챙겨 넣으며 기침을 쏟아냈다. 후배가 걱정된다는 듯 병원에 가보라고 일렀다. 그는 건성으로 고개를 끄덕였다.

*

간간이 마스크를 착용한 사람이 눈에 띄었다. 전염성 강한 계절성 독감 때문이었다. 거리는 떨어진 휴지 하나 없이 깨끗했다. 보행 중 흡연이 금지되면서 그 흔한 담배

꽁초도 눈에 띄지 않았다. 한때 저 거리를 쓰레기가 가득 메우고 있었다. 운전자들이 신호체계를 무시하며 클랙슨을 눌러댔다. 뒤죽박죽 뒤엉킨 차들로 인해 접촉사고와 시비가 끊이지 않았다. 그 모두가 실제 벌어진 일이라는 게 믿기지 않았다.

전염병이 잦아든 후 병으로 죽은 사람과 일자리를 잃은 사람을 제외하면 대부분 일상으로 돌아왔다. 전염병으로 인한 불행은 순전히 개인적인 것으로 남았다.

"여기 사신 적이 있다고 했죠?"

후배가 창밖을 보고 있는 그에게 물었다.

"작은 아파트였어. 지금도 있으려나 모르겠네."

"당연히 있죠. 아파트는 적어도 삼십년은 간다고요. 한번 가보실래요?"

"그렇게 여유 부리다가는 오늘 또 잔업이야."

"어차피 지나가는 길인데요. 번지수가 어떻게 되죠?"

그는 잠자코 후배가 차를 모는 걸 지켜봤다. 창밖으로 그가 예전에 본 것과 전혀 다른 풍경이 스쳐갔다.

잠시 후 예전 아파트 소재지의 이정표가 나타났다. 건물의 생김새는 모두 비슷했고 무엇보다 거리를 메운 쓰레기가 없어서 풍경이 달라보였다. 후배가 속도를 늦추어 비슷한 골목길을 여러차례 돌았으나 끝내 아파트를 찾지 못했다. 안개가 끼었다면, 쓰레기 더미가 쌓여 있다면, 악취라도 풍겼다면 쉽게 아파트를 찾았을 것이다.

"살기 좋은 동네 같은데 왜 이사하셨어요?"

"이사하긴. 옮기게 함을 당했지."

후배가 농담인 줄 알고 웃음을 터뜨렸다.

"서운하지 않으세요?"

후배가 물었다.

"겨우 며칠 지낸 곳이야."

"그래도 그때가 좋았다고 자주 말씀하셨잖아요."

"생각해보니 지금이 더 좋은 것 같아."

후배는 곧 작업지로 차를 몰았다. 주소상으로는 그가 머문 공원 인근 같았다. 막상 목적지에 도착하고 보니 대형마트가 있었다. 주차장 2개 층을 포함해 지하 4층, 지상 6층의 건물이었는데 지하 1, 2층에 거대한 푸드 코트가 있었다.

"얼마 전에 식품창고에서 쥐가 한마리 나왔어요. 창고니까 직원들만 봤죠. 그게 고객들한테까지 소문이 나는 바람에 곤혹을 치렀습니다."

풍채 좋은 매니저가 연방 흐르는 땀을 닦았다.

"여긴 원래 공원이 있던 자리 아닙니까?"

그가 물었다.

"맞습니다."

매니저가 목소리를 낮춰 말을 이었다.

"제4구가 애초에 쓰레기 매립지였거든요. 그래서인지 아무리 깨끗하게 청소를 해도 자꾸 냄새가 나고 쥐도 유별납니다. 공사할 때 이 일대가 다 쓰레기였을 테니까요. 전염병이 돌던 때는 소각장까지 있어서 난리도 아니었답니다. 부랑자도 많고 쥐도 많으니까 주민들이 시장에게 아예 공원을 없애달라고 건의했어요."

후배가 건성으로 고개를 끄덕였다.

"하여튼 쥐 한마리 때문에 쩔쩔맨 게 창피할 지경입니다. 두분은 쥐가 무섭지 않으시죠?"

"무서우면 어떻게 이 일을 합니까?"

후배가 대답했다. 그는 여전히 쥐가 무섭고 두려웠다. 처음에는 자신이 쥐와 같은 처지라는 게 무서웠다. 나중에는 쥐를 잡을 때에만 쥐와 같은 처지가 아니라는 안도를 느끼게 되어서, 그 안도감 때문에 틈만 나면 쥐를 잡으려 드는 게 무서웠다. 쥐가 이끈 우연의 연쇄작용이 두려웠고 어떤 독한 약이나 험한 매질에도 죽지 않는 쥐를 끝내 죽이려드는 자신이 무서웠다.

"쥐가 매상을 얼마나 깎아먹는지 아시면 깜짝 놀랄 겁니다."

매니저가 돌아간 후 그와 후배는 푸드 코트 왼편의 창고로 들어갔다. 거기는 온갖 식품의 냄새가 뒤섞여 오래전의 쓰레기소각장 같은 냄새가 풍겼다.

그는 근처 상자에서 당근을 한뿌리 꺼냈다. 껍질을 이로 조금 갉아낸 후 씹어보았지만 아무 맛도 나지 않았다.

“선배, 어디 계세요?”

입구 쪽에서 후배가 그를 불렀다.

그가 막 돌아나가려는데 어디서 나타났는지 작은 쥐 한마리가 선반 아래에서 그를 바라보고 있었다. 늘 그랬듯이 서둘러 움직이면 약품을 쓰지 않고도 쥐를 잡을 수 있을 것이었다. 그러는 대신 그는 잠자코 쥐를 쳐다보았다. 어디서나 어떻게든 끝내 살아남을 쥐를. 그가 머뭇거리는 사이 쥐는 제가 왔던 길로 돌아가려고 어두운 벽 쪽으로 능숙하게 몸을 숨겼다.

*

한번은 사무실 철제 책상에 놓인 회색 전화기가 울렸다. 마침 주변에 아무도 없어서 그가 전화를 받았다. 좀처럼 없는 일이었다. 전화를 건 사람은 오래전 친구라며 직원의 연락처를 물어왔다. 개인 연락처를 알려줄 수 없다고 말하며 통화를 끝내자 참을 수 없이 어디론가 전화를 걸고 싶어졌다. 그는 충동적으로 유진의 회사로 전화를 걸었다. 오래전에 전화번호를 알아낸 방식을 이용했다.

인사과 직원은 상냥한 목소리로 전화를 받았으나 그의 용건을 알고 나자 이내 탐탁지 않게 목소리를 바꾸었다. 그는 할 수 없이 사정을 설명했다. 지금 C국에 머물고 있으며 자신이 오래전에 모국을 떠나는 바람에 연락이 끊겼다고. 직원은 예전에 그랬던 것처럼 특별히 편의를 봐준다는 듯 번호를 알아봐주었다.

그러나 뜻밖에도 전화번호를 알아낼 수 없었다. 유진이라는 이름을 가진 사람이 몇 있었으나 출신학교와 출생연도가 하나도 맞지 않았다. 퇴직자 중에서 알아봐줄 수 없느냐고 하자 처음의 단호한 목소리로 돌아온 인사과 직원은 그것까지는 안 된다며 전화를 끊었다.

얼마간 시간이 지나고 나서 그는 이번에는 순전히 모국어를 듣고 싶어 전화번호 안내센터 번호를 눌렀다. 지나치게 톤이 높은 안내원이 채근하는 통에 가장 먼저 떠오르는 이름을 댔다. 전처 이름이었다. 안내원이 이번에는 거주 지역을 물었다. 그는 망설이다가 전처와 결혼하여 함께 살았던 동네 이름을 말했다. 곧이어 해당 번호가 없으니 확인하고 걸어달라는 기계음의 안내가 들려왔다. 그는 다시 전화를 걸어 이번에도 전처 이름을 댔다. 거주 지역을 묻기에 유진이 살던 동네를 말했다. 역시 해당 번호가 없다고 했다. 그런 식으로 몇차례 전화를 걸어 전처의 이름을 댄 후 자신이 아는 지역을 바꿔가며 확인했다. 그렇게 며칠을 허비하고 나서야 극적으로 전처와 같은 이름으로 개설된 전화번호를 알아냈다.

그는 전처와 이름이 같은 사람의 전화번호를 쪽지에 적어 다녔다. 종이에 적힌 낯선 조합의 숫자는 그가 어렴풋이 기억하는 전처의 번호가 아니었다. 그래도 틈나는 대로 쪽지를 들여다보았고 접힌 자리를 따라 종이가 너덜너덜해지고 나서야 그 번호를 눌러봤다. 여러번 신호음이 울렸지만 아무도 받지 않았다.

다음번에는 늦은 밤 시간에 전화를 걸었다. 남자가 받았다. 그는 익숙한 모국어에 끌려 천천히 전처 이름을 말해보았다.

"누구십니까?"

남자가 물었다. 이름을 밝혀야만 전화를 바꿔준다는 듯이. 그는 아는 사람이라고 대답했다.

"지금 없습니다."

목소리가 석연치 않아서 거짓말처럼 들렸다. 남자가 전

화를 바꿔주지 않으려 할수록 그는 수화기 너머에 존재하는, 전처와 이름이 같은 사람과의 통화에 매달렸다. 그는 남자에게 꼭 목소리를 들어야 한다고 간절히 사정했다. 그가 몇번이고 애걸하는 동안에도 남자는 전화를 끊지 않았는데 이야기를 나누며 그의 정체를 알고 싶어서인 듯했다. 하지만 그가 울먹이는 소리를 내자 더는 참기 싫다는 듯 전화를 끊어버렸다. 다시 전화를 걸었을 때는 아무도 받지 않았고 다음 날은 전화를 받았으나 그가 전처 이름을 대자 말없이 끊어버렸다. 며칠 후 전화를 걸었을 때는 없는 번호라는 기계음이 들려왔다.

본사에도 들러봤다. 전화를 걸어본 것과 마찬가지로 다소 즉흥적인 생각이었다. 마침 본사가 있는 지역에 방역 작업이 있기도 했다. 그 지역은 글로벌 특구로 지정되어서 외국계 회사가 많았고 비즈니스호텔이 덩달아 호황을 누렸다. 그가 근무하는 회사에서 그중 몇곳의 호텔을 지속적으로 관리해오고 있었다.

본사 로비에는 세명의 경비가 경직된 자세로 서 있었다. 그는 후배에게 잠시 기다려달라 부탁한 후 건물 안으로 들어갔다.

가장 먼저 눈이 마주친 경비에게 내부 근무자를 만나려면 어떻게 해야 하는지 문의했다. 경비가 친절한 얼굴로 직원의 이름과 소속 부서를 물었다. 그는 몰이 근무하던 부서명을 댔다. 경비가 고개를 갸웃거리며 보여주는 조직도에는 동일한 명칭의 부서가 없었다.

출입 시스템은 여전히 엄격했다. 예전처럼 면담 신청서를 작성하는 방식은 아니었으나 해당 직원과 통화가 이뤄진 후에 임시출입증이 발급되었다. 그는 몰에 대해 오래전의 소속 부서 말고는 아는 게 없다고 경비에게 털어놓았다. 경비가 그런 일은 자주 일어난다면서 사내 조직도와 직원 명부를 펼쳐 보여주었다. 여러 페이지를 일일이 확인한 경비는 몰이라는 이름은 아주 흔해서 열두명이나 된다고 알려주었다. 그가 애처로운 표정을 짓자 그렇다면 차례로 전화해보자며 친절을 베풀었다.

그는 자신이 오래전 파견근무 대상자였음을 밝히고 본사에 근무하는 열두명의 몰과 차례로 통화했다. 비슷한 대화를 열두번 주고받은 후 그는 경비에게 진심으로 고맙다고 인사했다. 경비는 깍듯한 그의 인사가 마음에 들었는지, 그의 작업복에 새겨진 방역회사 로고를 가리키며 그곳에 근무하느냐고 물었다. 그가 고개를 끄덕이자 관리부에서 방역회사 선정을 검토 중인 듯한데 혹시 도움이 될지도 모르니 명함을 한장 달라고 했다. 그가 가방에서 명함을 꺼내 내밀자 경비가 재미난 농담이라도 들은 듯

유쾌하게 웃음을 터뜨렸다.

"하하, 이름이 몰입니까?"

그는 경비에게 웃음을 지어보였다.

모든 통화에 실패한 후 그는 다시는 누구도 찾지 않겠다고 다짐했다. 다짐은 오래 가지 않았다. 늦은 밤 방역작업을 마치고 돌아오다 어두컴컴한 골목길에서 쥐라도 만날 것 같으면 공중전화 부스 쪽으로 걸었다. 근방에 등대처럼 환하게 불이 켜진 곳은 그곳뿐이었다. 좁은 사각 부스 안에서 그는 공연히 떠오르는 이름들을, 전처나 유진 혹은 자신의 이름을 수화기에 대고 말했다. 동전을 넣지 않으면 신호음이 나지 않는 수화기는 묵묵히 그가 부르는 이름을 들어주었다. 그는 여러 이름을 소리 내어 말했다. 이제는 닿을 수 없는 먼 과거와 유일하게 이어진 이름들이었다.

그날은 대낮에 작업을 하다가 전화를 걸러 갔다. 약품을 살포하기도 전에 죽어 있는 쥐를 발견해서였다. 전화부스에서는 얼마간 혼자 있을 수 있었다. 누군가 이상해하며 그를 쳐다보기에 전화 거는 시늉을 하다가 오래전 근무하던 회사로 전화를 걸어봤다. 벨이 울리기 무섭게 누군가 전화를 받았다. 전화를 받은 사람의 목소리는 생소했고 누구인지 떠올리기 쉽지 않았다. 시간이 오래 지나서가 아니었다. 그가 들어본 적 없는 사람의 목소리였다. 계절이 몇차례나 바뀌었고 그사이 전염병은 그을음을 남기고 완전히 가라앉았다. 시간이 많이 흘렀으니 조직 구성원이 달라지는 건 당연했다. 누구를 찾으시냐고 묻는 친절한 목소리에 현혹되어 그는 자기 이름을 말했고 "죄송하지만 그런 분은 안 계십니다"라는 대답을 들었다.

그럼에도 몇번이나 더 전화를 걸어 자신의 이름을 댔다. 만약 자신을 아는 누군가 전화를 받는다면 "그분은 퇴사하셨습니다" 하고 대답하리라 생각해서였다. 그렇다면 그는 잠시나마 자신을 아는 사람과 목소리를 나눈 셈이니 그것만으로도 기뻐할 수 있었다. 하지만 자신의 이름을 댈 때마다 그런 분은 안 계신다는 말을 들어야 했다.

어류 선배가 전화를 받는다면 인사라도 나누고 싶었으나 여러차례의 통화에서 선배로 짐작되는 목소리를 듣지 못했다. 선배가 바라던 대로 지사장이 되었다면 비서를 거치지 않고는 통화할 수 없을 것이다.

"또 전화하고 오셨어요?"

방진마스크를 다시 쓰려는 그에게 후배가 물었다. 그는 잠자코 마스크로 얼굴을 가렸다. 후배가 그를 보며 씩 웃었다. 매번 일을 하다 말고 전화 부스로 달려가는 그에게 후배는 공중전화라는 별명을 붙여주었다. 그 별명이 무척 마음에 들었다. 순전히 발음의 유사성으로 공중을 허공의 의미로 받아들였는데, 자신은 허공에 뜬 존재나 다름없으므로 썩 어울리는 별명이었다.

그는 방진마스크를 꾹 눌러쓴 후 약품분사 버튼을 눌렀다. 마스크를 썼음에도 독한 약품 냄새가 끼쳤다. 기침이 나는 바람에 분사호스를 든 채로 입을 가렸는데 호스가 머리 쪽으로 휘어져 있었는지 고여 있던 약품이 흘러내렸다. 쓰고 매운 알코올 냄새가 났다. 순전히 그 냄새 때문에 눈물이 조금 흘렀다. 그는 어깨에 멘 약품 통을 내려놓고 마스크를 벗은 후 맹맹해진 코를 힘껏 풀었다.

후배가 딱하다는 듯 그를 봤다. 그는 눈물 고인 눈으로 후배를 보고 웃어주었다. 퇴근하고 돌아가는 길에는 얼마 전 방역을 마친 마트에 들러 저녁거리를 사야겠다고 생각했다.

* 이 작품을 쓰는 데 프란체스코 산토얀니 『쥐와 인간』(이현경 옮김, 시유시 1999)과 로버트 설리번 『쥐들』(문은실 옮김, 생각의나무 2005)을 참고했다.

| 작가의 말 |

지난여름은 이 소설을 다시 쓰며 지냈다. 아무래도 오래전인지라 장황하고 거친 문장이 많아서 처음 쓰는 것처럼 머뭇거리며 써야 했다. 날마다 조금씩 이 소설을 쓰는 동안 바이러스의 재유행으로 감염자 수가 정점을 찍으리라는 발표가 있었고 새로운 전염병의 유입이 보도되었으나 머지않아 팬데믹이 끝날 것이라는 낙관 섞인 소식도 들려왔다.

출간 당시 제목으로 고려한 것은 '생쥐처럼 아름다워지고 싶어'였다. 한 일본 노래의 가사인데, 노래를 좋아하기도 했거니와 주인공의 심정을 이처럼 잘 표현한 문장은 없으리라 생각해서였다. 책을 소개하거나 판매하는 데 전혀 도움이 되지 않을 제목이어서 편집부에서 난색을 표했다. 그다지 확신이 없던 나로서도 당연히 수긍하면서 이 소설은 편집부에서 추천한 '재와 빨강'이라는 제목이 붙었다. 이 제목을 갖게 된 것은 이 소설의 큰 행운 중 하나이다.

소설이 잘 풀리지 않는 날이면 이전 책의 표지인 장 뒤뷔페의 그림을 한참 들여다보았다. 모든 것이 사라지는 중에도 '몰'이라는 이름이 남은 것처럼 피곤하고 지친 표정의 이 사내도 어디에서든 끝내 살아남았으면 좋겠다 생각했다.

책을 출간하고 십여년이 흐르는 동안 팬데믹은 가상의 사건이 아니라 현재의 사건이 되었다. 소설을 구상하고 쓸 당시만 하더라도 내게 역병은 먼 과거이자 중세의 것이었다. 겪은 적 없는 시간이자 도래하지 않을 미래였다. 팬데믹을 겪은 후였다면 이 소설은 쓰이지 않았을 것이다. 삶을 폐허로 만드는 것은 역병과 쓰레기, 끊임없이 출몰하는 쥐떼가 아니라 적나라한 혐오와 차별, 정교한 자본주의임이 명백해졌으므로 다른 상상을 하기 어려웠을 것이다.

오래전의 역병을 상기시키는 이 소설을 지금에 와서 다시 내놓는 일에는 얼마간 용기가 필요했다. 하지만 어떤 상상은 현실이 되기도 하고 때로 그렇게 겪은 현실은 이야기보다 더 적나라하다는 것을 잊지 않고 싶어서 다시 출간하기로 마음먹었다. 오래된 이야기를 다듬을 수 있게 해준 창비 편집부에 감사드린다. 무엇보다 이미 이 소설을 읽어주신 독자분들께, 그리고 새롭게 이 소설을 읽어주실 독자분들께 감사드린다. 드물지만 더디게 이어지는 독자분들 덕에 이 이야기의 희미한 잿빛이 계속 떠돌 수 있었다.

2023년 1월

편혜영

재와 빨강

초판 1쇄 발행 • 2010년 2월 25일
개정판 1쇄 발행 • 2023년 1월 13일

지은이 / 편혜영
펴낸이 / 강일우
책임편집 / 이진혁
조판 / 박아경
펴낸곳 / (주)창비
등록 / 1986년 8월 5일 제85호
주소 / 10881 경기도 파주시 회동길 184
전화 / 031-955-3333
팩시밀리 / 영업 031-955-3399 · 편집 031-955-3400
홈페이지 / www.changbi.com
전자우편 / lit@changbi.com

ISBN 978-89-364-3463-2 03810